Ernst Zahn

Sabine Rennerin

Ein Schauspiel

Ernst Zahn

Sabine Rennerin
Ein Schauspiel

ISBN/EAN: 9783743644229

Hergestellt in Europa, USA, Kanada, Australien, Japan

Cover: Foto ©Andreas Hilbeck / pixelio.de

Weitere Bücher finden Sie auf **www.hansebooks.com**

Sabine Rennerin

Ein Schauspiel

von

Ernst Zahn

Frauenfeld
Verlag von J. Huber
1899

Personen:

Heinrich von Hospenthal, genannt Wolleb, Vogt von Urseren.

Benedikta, sein Weib.

Jost, beider Sohn.

Isidor Danjoth, Dorfvogt zu Andermatt.

Goli, der Pfister,

Felix, der Hirt,

Abel, der Holzer,

Hans Fedier,

Fidel, der Schmied zu Andermatt,

Veri Lorez,

Anton Christen,   Bürger von Urseren.

Cari Gamma,

Der Meyer-Veri,

Der Renner-Zeno,

Ital, der Schmied zu Zumdorf,

Gallus Bennet,

Simon Russi,

Manetsch, Hauptmann der Söldner des Abtes von Dissentis.

Pater Ciprian, der Zehntner.

Sabine Rennerin.

Irmingard, ihre Enkelin.

Veronika, das Weib des Lorez.

Töni,

Anni,   ihre Kinder.

Josi,

Beate,

Ein Mönch.

Josepha,
Anna,
Gunde, } Bäuerinnen.
Marianne,
1. Bauer.
2. Bauer.
3. Bauer.
Ein Bürger.
Ein Weib.
Ein Greis.
Ein Bote des Herzogs von Oesterreich.
Ein Bote von Uri.
Ein Knecht des Jost Wolleb.
Uli, ein Diener Benediktas.
Söldner, Diener, Knechte, Bauern, Weiber.

Ort der Handlung: Andermatt und Hospenthal.
Zeit: 1333.

Anmerkung des Verfassers. In das Jahr 1333 fällt der Befreiungskampf der Urserner an der Oberalp. Die Rückkehr des verhaßten Heini Wolleb nach Ursern und die Verdrängung des bisherigen Vogtes Konrad von Moos vollzog sich schon im Jahre 1320 und war nur von kurzer Dauer. Die Verkettung beider Ereignisse ist eine dichterische Freiheit des Verfassers. Ebenso ist die Gestalt der Sabine frei erfunden.

✳

Erster Akt.

Ein freier Platz zu Andermatt. Zur Linken des Zuschauers ein steiler Seiten-
pfad, der zu einer Kapelle emporführt. Von dieser weiter Blick ins Thal von
Ursern. Wenn der Vorhang sich hebt, herrscht die graue Dämmerung des Morgens,
die sich langsam hellt, bis es ganz Tag wird. Einen Augenblick bleibt die Scene
leer; dann tritt Felix, der Hirt, aus der Kapelle, sucht das unklare Licht mit den
Blicken zu durchdringen und späht nach der Höhe, wo ein Pfad in die rhätischen
Berge führt. Langsam betritt er den Weg, der zu den Hütten hinab leitet. Während
er noch oben zögert, tritt zu Füßen des Weges Goli, der Pfister, aus seiner
Hütte und erblickt den andern.

Goli.

He, alter Faulpelz, noch nicht ausgetrieben?
Machst du die Heerde heut' mit Beten fett? —
Zum Teufel! Lange doch dein Horn hervor,
Daß sich das Zeitmaß mir nicht ganz verschiebe!
Seit Monden führ' ich, schallt das Horn durch's Dorf,
Dem schwachen Leib den ersten Stärker zu!
He, los! den Pfister dürstet! Und die Gaisen
Im Stall sind wacher denn ihr Hirt! Treib' aus!
Es sollt' mir leid sein, wenn der Thalvogt fände,
Du würdest baß zu alt zu dem Gewerb!

Felix (zwischen den Zähnen murmelnd).

So d e i n Wort bei ihm gälte, wär' ich's lang!

(Laut im Niedersteigen.)

Denk' einmal mehr und rede zehnmal wen'ger,
Dann fällt vielleicht dir ein, warum der Rauch
So dick und schwer aus deinem Giebel steigt,
Und daß, wenn sich der Wolf satt fressen will,
Die Heerde eingepfercht zu bleiben hat!

1

Goli (mit rauhem Lachen).

Ha so, Martinitag! Je nun, 's ist Hoffnung,
Daß meinen Stall der Wolf verschont!

Felix (mit trockenem Hohn).

Das thut er!
Wie sollt' er nicht? Der Wolf ist klug genug,
Der stiehlt nur dort, wo man gutwillig nicht
Ihn füttert!

Goli (auffahrend).

Füttern? Wer und wo und wie?

Felix.

Das weißt du selbst am besten, Mann! Ich meine,
Es kam mir just so ungewollt zu Sinn,
Was für ein Segen manchem darin liegt,
Wenn er hier (mit bezeichnender Geberde) — an der Wange
— recht empfindlich,
So recht zarthäutig ist, daß jeden Luftzugs
Richtung er fühlt und sich mag dreh'n darnach)!

Goli (klotzig).

Der Satan werde klug aus dem Gerede!
Sprich kurz und gradaus oder halt' das Maul!
Ich hab' nicht Lust, um das Gewäsch mir lang
Den Schädel zu zerbrechen!

Felix (lächelnd).

Der — und brechen!

Goli (mit erwachendem Groll).

Was — höhnen, alter Tagdieb? Kommst mir
grad recht!

Es juckt mir eigen in den Fäusten beiden,
Als thät ein bischen Morgenarbeit ihnen
Und deinen steifen Knochen Salbe gut!
(Drohend auf ihn ein.)

Felix
(hat sich vor einer der Hütten auf einer Bank niedergelassen).

Schlag' zu! Du wärst der erste nicht, der schlägt!
Und wem das Schicksal hart die Haut gegerbt,
Dem kommt's auf ein paar Schläge mehr nicht an!
(Da der Andere zögert.)　　Nun! Gegen Schwäch're warst
du immer tapfer!

Goli (will ihn fassen).

Bei Gott, Fink, schweig!
(Abel und Anton Christen treten auf.)

Abel (herantretend).

He, Ruh' dort, Pfister! Laß ihn!
Schlag' dich mit deiner zärtlichen Frau Liebsten,
Wenn dich der Mut so sticht!

(Gelächter. Mehr Bürger sind aufgetreten, darunter Fidel, der Schmied, Isidor Tanjoth, Veri Lorez, Hans Fedier. Sie stehen in Gruppen in Feiertagskleidern beisammen, sich eifrig besprechend.)

Fedier.

Just so! Am Fetthals
Ist noch für ein paar Ehrenzeichen Platz,
Und keine weiß so wohl sie einzukratzen,
Wie sein Gespons! (Versteckt sich feig in der Menge.)

(Goli, wütend, drängt durch die Schar; Bürger, an ihrer Spitze Abel halten ihn zurück.)

Abel (lachend).

Verschluck's halt!

Fidel.

Keinen Streit hier!
Es schmecken Lieb' und Hiebe nicht so früh
Am Tag!

Lorez.

Mich dünkt, du solltest heute besser
Bei Laune sein! Aus deinem Dache fährt
Der Rauch, als müßte für den nahen Winter
Auf einmal alles Brot gebacken sein!
Und bist du doch der Wenigen einer, die
Sich heut' zu Ursern ihre Taschen füllen,
Derweil wir andern, neigt sich erst der Tag,
Den Batzen kaum mehr finden, der den Kindern
Dein ält'stes Rauhbrot kauft!

(Goli, mit allen Zeichen mühsam unterdrückten Zorns ab.)

Anton Christen.

Da läuft er fort!
Der Stier ist feig trotz seiner mächt'gen Hörner!

Felix (von seiner Bank aus).

Der drückt sich vor der Wahrheit!
Dieser Morgen
Gab von dem Tränklein ihm zu viel zu kosten,
Und schlecht verträgt er, was er selbst nicht schenkt!

Lorez.

Zu Zeiten bringt das Lügen mehr Verdienst.
Am Martinstag stach mich noch je die Lust,
Bei dem da drüben in die Lehr' zu gehen;
Viermal und mehr, wenn's sein muß, steigt im Jahr
Er, festlich angethan, gen Dissentis,
Thut vor dem Pfaffen einen Kniefall und
Legt ihm mit Worten, die gewund'ner sind

Als wie ein Mönchssermon, ein Häuflein Münze,
All sein Erspartes, wie er sagt, zu Füßen.
Was er in seinen Kisten ließ — nun, das —
Verrät er nicht!

Felix (einfallend).

Dumm wär' er, wenn er's thäte!
Und dümmer noch der Pfaffe, glaubt' er ihm!
Doch wer weiß — wer weiß — ob nicht andern Dienst
Der Pfister ihm versieht!

Christen.

Und welchen?

Fedier.

Welchen?

Felix.

Dem, der gleich mir nichts hat, bringt er nichts aus.
Erratet selbst ihr's nicht, was soll ich reden?
Geschwiegen hätt' ich ganz — so nicht — je nun —
Altes Gebälk erfaßt ein Brand am eh'sten —
Mein Blut entflammte, denke ich des Tags,
Der wie alljährlich heut' auf Ursern kommt
Und einen Schlags es arm machte.

Abel (auf des Pfisters Hütte weisend).

Sag', was weißt du
Von dem da drüben?

Felix (heftig).

Daß er euch verrät! —
Warum, frag' ich, bleibt nichts dem Pfaff verhehlt,
So hier im Thal jahraus, jahrein geschieht?
Schlug einer eine Tanne je am Gurten,
Erstand je einer eine arme Gais,

Bracht' der ein Bündel Wildheu ein und jener
Ein Ränzel Bergkrystall, und 's hätte nicht
Der Zehntenvogt ihm am Martinitag
Haarklein verlesen, was er seiner Habe
Hinzugefügt? Und woher, meint ihr, kommt
Dem Klostervolk sein Wissen?

Abel
(nachdenklich und mit Bedeutung zu der Menge).

Keinen schont
Der Zehnter — keinen — als den Pfister und — —

(Er wendet sich langsam und bezeichnend nach Isidor Danjoth um, der bisher
seitab mit einigen Bürgern in lässigem Gespräch gestanden, aber heimlich mit
gespannter Aufmerksamkeit dem lauten Gerede gefolgt ist. Erregung bemächtigt
sich der Menge. Gemurmel und Gewirr drohender, aber scheuer Stimmen.)

Danjoth.

Es will mich dünken, gute Freunde, ihr
Hört bei dem alten Schwätzer ein verschrob'nes
Ja, ein ganz sträflich' Evangelium!
Ein mag'rer Köter, der das Gnadenbrot
Des Herrn gar willig und voll Gier verschlingt,
Beißt wohl nach dessen güt'ger Hand und kläfft
Zuweilen ihn gehässig an, so just
Das alte Vieh nicht recht bei Laune ist.
(höhnisch)
Wärst so bei Laune du nicht, Meister Hirt? —
(ruhiger, fast pathetisch)
Es ward des Abtes*), unsers Kirchherrn Name
Unehrerbiet'ger Weise hier genannt;
Vergaßt ihr, daß ihr auf der Straße sprecht
(mit Nachdruck)
Und daß der Abt Macht hat, viel Macht, zu strafen?

*) Martinus von Sax, Abt zu Dissentis.

Abel (scharf).

Und daß der Dorfvogt da war, uns zu hören?

Danjoth (hämisch).

Der scharfen Rede ziemte scharfe Antwort!
Doch recht' ich heute nicht mit euch! — Seit Jahren
Sah dieser Tag verdrossene Gesichter
Und unzufried'nes Volk Thal auf und ab.
Der Bauer zahlt nicht gern. Einstreichen will
Wohl jeder, und den vollen Säckel hält
Er alsdann sich mit beiden Händen zu. —
Was aber, frag' ich, heischt der Abt von uns?
Nichts als sein Recht, das Recht des Herrn von Knechten!
Und allorts müssen Herr'n und Diener sein!
Steigt auf den Gotthardstein und haltet Umschau
Und forscht, wo in des Kaisers weitem Reich
Dies Recht nicht gilt!

Felix.

Gafft durch die Teufelsschlucht!
Zweihundert Schritt von hier liegt schon die March,
Dahinter unbekannt dies saub're Recht!

Danjoth.

Das ist es, das! Das Körnlein Gift, daraus
Die Unzufriedenheit, der Groll euch sprießt!
An Uris Schicksal meßt ihr euer eig'nes
Und achtet nicht, wie grundverschieden, wie
Nicht zu vergleichen Uri steht gen Ursern!
Ein Land dort unten, viermal größer denn
Dies Felsenloch, ein Land, dem manche Freiheit
Seit undenkbaren Zeiten war verbrieft,
Und das, als es den Vogt verjagte und
Zwing-Uri brach, sich wiederum nur nahm,
Was vordem lang und sicher ihm zu eigen!

Drei Häuflein Hütten hier, armsel'ger Thalgrund!
Ein gottvergess'ner unfruchtbarer Erdfleck,
Ummauert kerkergleich von Fels und Firn,
War unser Ursern in der Mächt'gen Händen
Wie eine Kruste rauhen Brotes, die
Einer dem andern lächelnd weiter schenkte
Und unbekümmert, ob das Brot verdorrte.
Der Dissentiser war der erste, der
Sich gnädig dieses armen Lands erbarmte,
Ein güt'ger Kirchherr allzeit sich erwies. —
Wenn hier·des Kaisers Vogt von Hospenthal
Euch härter drückte, denn ihr wohl ertrugt,
War's der von Sax nicht, der zur Milde mahnte
Und dessen Fürsprach' beim gestrengen Vogt
Euch nützlich war zu mehr denn einer Stunde?

Felix (scharf).

Und der, hatt' erst der Vogt die Hütten uns
Gebrandschatzt, kam, Nachlese drin zu halten,
Das Letzte nehmend, was der Bauer barg!

Danjolb (erregt).

Daß du ersticktest an der Lästerrede!
Seit wann wär's Sitte, frag' ich, daß zu Ursern
Ein Nichtsnutz, ein auf Gnadenbrot gehalt'ner,
Das große Wort führt! — Faßt ihn, die ihr
(in plötzlicher Mäßigung.)
— — Nein!
Laßt ihn nur lästern! Und — und ich will ruhig sein!
Ich mein' es gut mit euch! daß ich euch lehre,
Was nützlich und vernünftig, euch, der Thalschaft,
Von Gutem rede ich! Vergeßt nicht, Leute:
Auf diesem Steingrund, wo nicht Frucht gedeiht,
Die Tanne selbst, die allgenügsam, kümmert,

Wächst Reichtum nicht, noch Macht, noch Freiheit je!
Ein Thal der Dienenden schuf Gott dahier:
Ergebt euch drein! Und freut euch, daß der Abt,
Wie ich euch wohl bewies, trotz Jenes' Lästerns
Ein güt'ger Herr ist! — Oder wandert aus!
Die Welt ist offen, so die Heimat euch
Nicht mehr genügt!

Adel (entrüstet).

Was zahlt der Abt dir, Danjoth,
Daß du sein Lob so eifrig singst, und daß,
Ein Urner selber von Geblüt, dem Urner
Kein höh'res Glück du als ein Knechtlos giebst! —
Du schmeichelst ehrlich fast, du lügst ganz glaubhaft
Und sieh nur, sieh, (auf das Volk weisend) sie glauben
halb und halb.

(Nach rückwärts rufend, wo das Volk in steter Bewegung kommt und geht.)

He, kommt doch näher, Leute, kommt und hört!
Wer noch nicht weiß, wie viel des Glücks er hat,
Der Vogt hier sagt ihm's. Kommt und neigt die Köpfe,
Demütig, dankbar faltet eure Hände,
Denn ihr seid glücklich, wie der Dorfvogt sagt!
Zwar seid ihr Knechte, doch ihr tragt nicht Ketten.
Und ihr dürft schaffen — schaffen — ei, vom frühsten
Frühschein bis in die Nacht hinein, und braucht nicht
Euch um den Lohn zu müh'n! Den heimst ein And'rer
Gern für euch ein! — Und für die alten Tage
Braucht ihr zu sparen nicht; denn wenn ihr alt seid,
Dürft hungern ihr! Und sterbt ihr vorher, dürfen's
Die Euern! — Hungern! Dazu seid ihr frei!

(Plötzlich den höhnischen Ton ändernd, mit fast feierlichem Ernst.)

Siehst du den Firn dort, Dorfvogt? Siehst du, wie
Sein weißes Haupt er stolz aufreckt zum Himmel!

Bückt der sich je? Hat einer den beherrscht?
Und wir, die wir den ewig Freien schauten,
Seit uns're Augen offen für der Heimat
Urewige Schönheit, wären ewig Knechte!
Nein doch! So wahr dort Tag um Tag erflammt
Und Goldschein aufzuckt, dieses Thal zu hellen,
Wird Ursern frei einst sein wie Berg und Firn!

(Er wendet sich rasch und verschwindet in der Menge.)

Felix (von hinten).

Endlich ein Wort! Aus Worten wachsen Thaten!

(Wachsende Erregung unter den Bürgern. Eine Schar stimmt dem Adel bei; ihr Murren wird drohender. Andere suchen sie zu beschwichtigen. Danjoth steht finsterblickend seitab. Töni Lorez drängt sich durch die Menge.)

Töni (von weitem rufend).

Der Zehntner steigt vom Berg!

(Zu Lorez, da er ihn erreicht.)

Ich sah ihn, Vater!
Beim letzten Schirmhaus um den scharfen Kehr
Bog just der Zug. An zwanzig Knechte zählt er.
Der Hauptmann Manetsch schreitet ihm vorauf,
Der letztes Jahr euch also gröblich anließ.
Und ihm zur Seite ging der Pater Zehntner.

(Das Volk umdrängt ihn.)

Lorez.

Wie weißt du so genau Bescheid?

Töni.

Ich wachte.
Ich lag dort oben hinter'm Marterstein,
Kaum daß der Bäz*) im ersten Frührot brannte.

------

*) Bäzberg.

Und als ich erst die Schar mir recht beschaut,
Fuhr wie der Blitz ich über'n Hang zu Thal,
Daß ich vor allen euch ihr Kommen melde!

(Mit blitzenden Augen.)

Viel lieber freilich, wär's erlaubt und könnt' ich's,
Hätt' ich den Weg verlegt den — —

Lorez (streng ihn unterbrechend).

Still! Wer mehr

Denn er besonnen sagt, sagt leicht zu viel!

(Den Arm um des Knaben Schulter legend, beide ab. Während der Rede Tönis
haben sich einige der Murrenden scheu verschlichen. Die aufrührerische Erregung
wandelt sich in Unterwürfigkeit. Mehrere machen sich an den noch immer finster
vor sich niederblickenden Dorfvogt.)

Felix.

Ich gehe mich verkriechen! So ich bliebe,
Möcht' sich der würd'ge Zehntner ärgern, daß
Hier einer ist, an dem zu pfänden nichts
Verblieben denn der Leib, drauf überdies
Der Tod das erste, nahe Pfandrecht hat! (Ab.)

Ein Bürger
(mit einem scheuen Seitenblick auf Danjoth).

Die sind wohl fort, der Adelrich und der!
Es möchte ehrlich' Volk in solcher Näh'
Verdächtig werden schlimmen Unruhgeists!

Ein Weib
(ebenfalls nach dem Dorfvogt schielend).

Schimpft noch

Auf Weiber, wenn dem Mannsvolk also
Das lose Maul läuft; frei ein einz'ger lästert
Und keck, als spräch' er eines Volkes Meinung!

Fedier.

(Macht sich mit widriger Freundlichkeit an Danjoth, der sich grollend abwendet.)

Du wirst nicht schwatzen, Vogt! Was kann das Rudel
Dafür, so einer aus der Meute kläfft!

(heimlich)

Der Adelrich hält mit der Metze Freundschaft,
Mit der Sabine, der verkommnen Vettel.
Am Teufelsberg die Hausung sieht ihn täglich.
Die Irmingard, der Alten Enkelkind,
Hat ihm — er war doch sonst ein braver Bursch —
Ein Netz gelegt und hält ihn in den Maschen.
Nun hockt er bei den Weibern Tag für Tag.
Ich selber sah zu der Sabine Füßen
Ihn kauern wie vor eines Pfaffen Beichtstuhl
Und an des Bettelweibes Lippen hangen,
Als fiele Gold von ihrem feilen Munde! —
Das Weib hat eine Kunst erlernt, derweil
Es kreuz und quer zog mit dem Söldnervolk,
Schliff eine Zunge sich zurecht da draußen,
Mit der sie bohrt als wie mit scharfem Werkzeug.
Nichts, das besteht, ist sicher vor dem Bohrer!
Des Abtes Recht steht fest, drum bohrt sie's an! —
Nur was sie vorsprach, sprach der Adel weiter!

Danjoth.

Es giebt zu stumpfen solches Werkzeug Mittel!
Doch streite mit dem Weibe, wer da mag!
Ein Fußtritt schleudert das Gezücht bei Seite,
So es zu frech wird! Laß es den verdienen!

Fedier *(schlau)*.

Zeig' zu viel Langmut nicht! Der Fußtritt, mein' ich,
Wär' schon verdient! Schand' über Ursern, daß
Das Lasterweib es noch im Thale duldet!

Danjoth.

(Ihn groß ansehend, mit schneidendem Hohn.)

Hans Fedier, der guten Sitte Hüter!
Das reimt sich schlecht! — Such' dir ein ander' Amt!

(Rasch ab.)

(Fedier sieht ihm mit einem tückischen Blicke nach, geht dann leisen, schleichenden Trittes nach links ab. Das Volk hat sich verlaufen in der Richtung, aus welcher Horntöne die Ankunft des Zehntners im Dorfe melden. Als letzte verbleiben Anton Christen und Fidel, der Schmied, die schon eine Weile im Gespräch seitab verharrt haben. Sie treten mehr nach vorn.)

Christen.

(Sieht sich vorsichtig um, dann mit gedämpfter Stimme.)

Ist dir nicht, Schmied, als striche eine Schwülluft
Durch Andermatt, als braue ein Gewitter
Dort — dort — sei's irgendwo —, noch unsichtbar!
Wohl lacht der Himmel, gleißt der Morgenglanz
Um schleierlose Schroffen, aber dennoch — —

Fidel (unterbrechend).

Such' nicht den Blitz am wolkenfreien Himmel,
Wenn's in dir selber wettert!

Christen (rasch und offen).

Da der Adel
Sorglos und tollkühn, wie's der Jugend Art,
Dem Danjoth stand, war mir's, als red' er aus,
Was lang und heimlich mir im Sinn gelegen,
So heimlich, daß bei seinen Worten ich
Zusammenschrack, als hätte ich mich selbst
Mit unvorsichtigem Geschwätz verraten.

(Hält inne und atmet tief auf. Dann nachdenklich, fast für sich):

Es ist unmöglich nicht, nichts ist unmöglich! —
Uri ward frei, — warum nun Ursern nicht!

Fidel (heftig).

O Flausen, Flausen! Freiheit will bezahlt sein!
Und teuer zahlt man sie, so teuer, daß
Sie für die Urs'ner Bettler gar nicht käuflich.

Christen.

So sagt der Danjoth! — Aber, wenn das Volk
Aufraffte, einig, sich zu einem Werke!
Ein mächt'ger Reichtum ist die Einigkeit;
Vielleicht, daß sie selbst Freiheit würdig zahlte!

Fidel.

Haha! Wer schaffte solche Einigkeit?
Willst du die hundert Hände rings im Thal
Zu einem Freundschaftsdruck zusammenzaubern?
Versuch's — und bring' mir gleich den Schmied von
                                        Zumdorf,
Den guten Mann und meines Herzens Liebling!
Mit diesen Fäusten würg' ich ihm die Kehle,
Eh' daß ich ihm die Hand zum Bunde drücke!

Christen (in bitterer Trauer).

Das ist's! Der Danjoth log! Der Boden Urserns
Birgt wohl der Freiheit edles Samenkorn.
Es keimt und wächst, doch Aehre wird es nicht,
Weil Neid und Haß wie Unkraut es ersticken. —
    Ich gehe! Näher schallt des Zehntners Hornruf
Und früh genug treff' ich den Läst'gen noch —
        (Er will ab, zögert aber plötzlich.)
Doch halt! Wer kommt da? — haftet wie ein Läufer?
Der Seiler Cari? — Der hat Eile! — (Anrufend) He!

(Cari Gamma ist haftig aufgetreten und als ob er vorbeieilen wollte. Da
Christen ihn anruft, kommt er zurück.)

Carl Gamma (in großer Erregung).

Wißt ihr? — Doch nein! — Wie solltet ihr! —
Ich komme
Ja just von dort — und ihr — ihr war't schon hier!
Nun — bald genug wird Keiner sein im Thal,
Der es nicht weiß!

Fidel (rauh, ihn unterbrechend).

Red' aus, wenn du nicht ganz besessen bist!

Gamma (laut, fast schreiend).

Der Zehnten ist erhöht!

(Fidel und Christen fahren erschreckt zurück. Gamma fährt weiter wie oben.)

Der Pfaff verlas es aus des Abts Geleitbrief,
Da wir — ein Trüpplein Volk's — am Oberalpweg
Ihn, daß wir ihn in gute Laune brächten,
Festlich empfingen. — Weil das Jahr voll Segen
Gewesen sei für unsere liebe Thalschaft,
Sei es des hochehrwürd'gen Kirchherrn Wunsch,
Die Liebe seines Landvolks zu ermessen
Und seine Frömmigkeit. Es sei Gewißheit
Dem würd'gen Abt, daß Jeder, dem der Herrgott
Doppelt bescheert des Felds gewohnt' Erträgnis,
Auch freudig seines Dankes Pfennig dopple!

(Heftiger)

Kurz — dies der süßen Worte bitt'rer Sinn:
Der Zehnten sei um's doppelte erhöht!

(Will sich abwenden, bleibt stehen, mit Macht einem aufquellenden Schmerze
wehrend, und schlägt plötzlich aufschluchzend die Hände vor's Gesicht.)

Christen (an ihn herantretend, hart).

Laß Kinder flennen! Diese Zeit braucht Männer!
Ball' deine Fäuste, knirsche mit den Zähnen,

Laß den ohnmächt'gen Zorn die Brust dir blähen!
Ein Tag mag kommen, da er flammen darf;
Nur keine Tränen, pfui, nur keine Tränen!

Gamma (stolz, doch mit zitternden Lippen).

Ihr mißversteht mich — nein — ich bin nicht feig,
Noch flenn' ich meinem bischen Reichtum nach!
Die Mutter nur — ihr wißt ja, wie sie siecht —,
Der Erntegewinn sollt' ihr ein Gutes thun:
Zu Aberg wohnt im Lande Schwyz ein Mann,
Der Wunder thut an Hunderten von Siechen;
Die Fahrt gen Schwyz, so uns das Zehrgeld blieb,
Ich und die Mutter hätten sie gewagt!
Nun nimmt der Abt das Geld — (voll Leid) die Mutter
                        stirbt! (Langsam ab.)

Christen (grollend hinter ihm).

Heul' um ein Weib nicht, wenn ein Volk verdirbt!
(Ab.)

Fidel
(der bisher mit widerstreitenden Gefühlen bei Seite gestanden).

Es möchte sein, daß ich mich noch besänne
Und meinen Groll wider den Schmied zu Zumdorf
Jählings an einen andern, größern tauschte! (Ab.)

(Die Bühne bleibt einen Augenblick leer. Dann ertönt abermals und näher ein
kurzer Hornruf. Stimmengewirr und daraus hervortretend das gebietende Sprechen
eines Einzelnen. — Während dessen tritt von der entgegengesetzten Seite Sabine
auf, von Irmingard gestützt.)

Irmingard.

Hört ihr den Lärm? Wir thaten Unrecht, Aehne,
Uns am Martinitag ins Dorf zu wagen!

Sabine (unwirſch).

Wär' es ſo weit -- und wären Tage, da
Das Heimatdorf uns zwei'n verſchloſſen bliebe!
Nein doch! Was frag' ich, ob Martini heut',
Ob dieſer Heil'ge oder jener gilt,
Hier führt der Weg! Wer ſperrt' ihn uns, der offen
Für and're iſt!

Irmingard.

Ihr wißt, das Volk geht müßig!
Feiert die Hand, ſo hat die Zunge Werktag.
Ich fürchte mich vor ihrem Hohn!

Sabine.

Laß höhnen!
Sei taub dem Spott und lauſch' auf dein Gewiſſen!
Spricht das dich frei, trifft Spott dich nicht!

Irmingard.

Sie kommen!
Laßt uns in dieſe enge Gaſſe biegen!

Sabine (kurz, herb).

Geh' du! Ich ziehe meines Wegs fürbaß!
Den ich mir ſelbſt gepflaſtert, meid' ich nicht!
Wer Steine ſät, ſei ſtark, darauf zu ſchreiten!

(Sie wollen abgehen, werden aber durch den Zug des Zehntners gehindert und
zur Seite gedrängt. Hauptmann Manetſch mit Söldnern. Pater Ciprian, Adel.
Beri Lorez. Töni, der Meier-Beri und andere treten auf. Ein Weib hat mit dem
Arm Sabine berührt.)

Marianne (eine Bäuerin, von hinten rufend)

Zur Seite Gunde! Schürz' dein Kleid! Die Hexe
Vom Teufelsberg beſudelt dich!

Gunde
(bei Seite fahrend, mit geballten Fäusten, giftig)

Verwünscht!

Was sucht die Vettel hier mit ihrer Dirne?
He, Männer! Schafft den Unrat aus der Gasse!

(Irmingard hat Sabine mehr nach dem Vordergrund der Bühne geführt, von den Weibern hart bedrängt. Sie deckt die Alte mit ihrem Leibe und steht hoch-aufgerichtet, mit zornigem Ausdruck und wogender Brust. Die Sabine verharrt starr auf ihren Stock gestützt. Ihre Züge sind ausdruckslos, bleich; nur zuweilen geht ein Blitz der Augen seitwärts. Hauptmann Manetsch hat, aus der Menge tretend, staunend das Gesicht der Irmingard betrachtet.)

Manetsch (mit schallender Stimme)

Gebt Ruh' da vorn!
(Stößt selbst ein paar Weiber bei Seite.)

Weg, sag' ich, gift'ge Fratzen!
Zähmt euere Weiber besser, zahme Bauern!
Wir kamen nicht, zum Teufel, zu entscheiden,
In welchem hier von all' den bösen Mäulern
Die schlimmste Zunge stecke! — Ruhe, sag' ich!
Hieher zwei Knechte!
(Zwei Knechte treten an seine Seite.)

Stopft der ersten, besten,
Die weiter schreit, mit einem Tuch den Rachen!

(Die Weiber sind zurückgefahren. Das Volk drängt nach und umsteht im Halb-kreis den Hauptmann, links Sabine und Irmingard, rechts die Frauen von Ander-matt, Pater Ciprian und Gefolge mehr im Hintergrund.)

Manetsch.

Wer sind die beiden? (Zu Sabine) Nein! Sprich du!
Wer bist du?

Meier-Vert
(entblößt den Kopf, entrüstet Manetsch unterbrechend).

Verzeihung, Herr! Ihr thatet diesen
(auf die Weiber von Andermatt weisend)

Unrecht!

Wohl ist es schlimme Weiberart, zu reden,
Eh' denn gefragt wird und wo Schweigen klüger.
Doch dieser Schelten war gerechten Zorns
Und wohl gegründeter Verachtung Laut.
An Zucht und Sitte hält das Weib zu Ursern
Und meidet die, so sie mit Füßen treten!

(Auf Sabine und Irmingard weisend.)

Die beiden sind geächtet hier im Thal!

Pater Ciprian (vortretend)

Wer sprach die Acht? Wer saß hier zu Gericht?
Mich däucht, es steht mir an, zu fragen, wer
Hier unter meines Herrn und Abtes Augen
Sich angemaßt, was einzig Jenem zukommt.
Sprecht ihr, Danjoth! (spöttisch) Wär't ihr so mächtig
                                         worden?

Danjoth (ernst).

Kein Richtspruch, Herr, kein Urteil je entschied!
Die Sünde ächtet manchmal selber sich
Schambucklig schleicht sie in derselben Sonne,
Zu der der Gute stolz das Haupt erhebt!

(Auf Sabine weisend.)

Dies Weib, jetzt grau, verwittert wie Gemäuer,
Das allzuhäufig rauher Sturm umtobt,
Nennt Ursern Heimat! Seines Vaters Haus
Stand einst zu Hospenthal, und wohlgelitten
War eh'dem hier zu Land sein rechtlich Ahnvolk!
Sie selbst war wohlgestalt, von holdem Antlitz.
Hätt' ihr die enge Heimatmarch genügt,
Möcht' eines Biedermanns ehrbar' Genoß
Sie worden sein und wär' ihr Haar in Ehren
Ergraut. Statt dessen trieb ein unstät' Wesen,
Leichtfert'ger Sinn sie in die Welt hinaus. —

Herr, hättet Ihr den Namen nie gehört,
Der süßen Klang barg manchem Edeling,
Der eine Jahrfrist lang am Hofe Oestreichs
Genannt ward mit den Fürnehmsten des Landes?
Wär' die Sabine Rennerin Euch fremd?

Manetſch
(zurückfahrend, in grenzenloſem Staunen).

Dies die Sabine? Dies die Meiſterin
Im Gaukelſpiel der Liebe und Verführung,
Um deren Gunſt der halbe Adel buhlte,
Die Purpur trug?

Sabine (ihn unterbrechend, in hohlem Ton).

Dieſelbe! Heute wühlt
Im Golde manche Hand, die morgen nichts
Als Grabkot hat, die Finger drein zu krallen!
Freund, auch der Purpur wird zum Bettellappen!

Manetſch.

Sabine! Wärſt du's? Was denn iſt dir dieſe?
(Auf Armingard weiſend.)

Danjoth (hart).

Sie nennt ſie Enkelin!

Manetſch (nachdenklich).

Und ſpricht die Wahrheit,
So der Vorväter Schönheit in den Enkeln
Aufs Neu erſteht!

Pater Ciprian (zu Danjoth).

Fahrt fort! Ihr unterbracht
Euch ſelbſt vorhin und gabt uns Kunde nicht,
Welch' herbes Schickſal dieſes Weib verdammt,
Fremd und allein zu ſteh'n auf Heimatboden.

Danjoth.

Nicht Schicksal nennt's! Wer Schuld auf Schuld
                                             gehäuft,
Den stürzt nicht Schicksal von der Höh' des Glücks;
Gerechtigkeit ist's, die ihn niederschmettert!
Die Rennerin stand eines Tags im Dorf
Mit dieser Dirne, mehr noch Kind denn Weib,
Und bat um Obdach. Uns zur Warnung war
Vielüble Nachred ihr vorausgegangen,
Und was ihr Ruf besagt, auf ihrer Stirn
Stand es mit scharfer Schrift geschrieben. Selber
Verleugnete sie nicht die Sünderin:
Noch heute hör' ich, wie sie höhnisch bat:
Gebt Hausung mir, darein ich mich verkrieche
Mit meinem Enkel vor der Welt, mir selbst!

Pater.

Und ihr verwiest sie nicht des Thals?

Danjoth.

                                    Wir gaben
Ihr Heimrecht, wie es ihr gebührt. Die Hütte
Am Teufelsberg ward ihr zu Lehn, die dort
Verlassen steht, wo sich der Weg im Dunkel
Der Schellinen verliert. Die Stürme rütteln
Am Bretternest und schrecken doch vielleicht
Des Weibes bang' Gewissen aus der Ruh.
Dort haust sie mit der Dirne, abgeschieden,
Dem Klausner gleich, vom Lärm der Dörfer, doch
Nicht ebenbürtig ihm an Reu' und Demut.
Halb scheu in Schmach, hochmütig halb in Sünde
Hält sie sich fern von unsrem Volk und gönnt
Nicht Gruß noch Wort dem, der sie dort und da

Am Wege trifft. So sprach sie selbst die Acht,
Die wir zu Ursern treulich ihr gehalten,
Und gilt gleich einer Toten hier im Thal!

(Abel ist im Hintergrund erschienen; er zögert und mißt mit erstauntem Blick
die Gruppe.)

Sabine
(Irmingard bei Seite schiebend, höhnisch).

So laßt die Tote doch von hinnen fahren!
Gebt frei den Weg; ich bat nicht um Gesellschaft!

Pater Ciprian
(heimlich bei Seite zu Danjoth)

Der Dirne Seele ist gefährdet! So
Des Lasters Näh' die Unschuld atmet, saugt
Sie allzuleicht den Giftsaft in sich ein!
Man nehme sie der Alten, führe sie
Gen Dissentis, auf daß der Abt entscheide,
Was ihr geschehe!

Danjoth (erschreckt).

Jetzt? Zur Stunde, Herr?

Pater Ciprian.

Warum noch zögern? (rufend) Hauptmann Manetich,
(Bespricht sich mit Manetich.)   hört!

Abel
(ist vor- und an die Seite der Sabine getreten; er wehrt das Volk zurück).

Gebt Raum hier! Seid verständig, Leute! Laßt
Von euch nicht sagen, daß ihr schwache Weiber
Auf offener Straße höhnt! Sie thaten euch
Nichts Leides, gingen ihres Weges, der
Für sie doch wie für jeden Fremdling offen!
Habt ihr nicht eben erst gespürt, wie schwer

Gewalt des Stärkern lastet auf dem Schwachen,
Und mißt die eig'ne rauhe Kraft an Weibern?
Zurück! Gebt Raum! (Es wird eine Lücke in der Schar.)

                    Geht, Rennerin, Ihr seid
In eurer Hütte, der der morsche Fels,
Der ewig bröckelnde, Zerschmettrung dräut,
Sich'rer denn hier!

Manetsch (sich scharf umwendend).

Ihr bleibt! Den Ring schließt, Knechte!

(Zum Mönch.)

Hochwürd'ger Vater, Ihr befehlt, — ich handle!

(Zu den Knechten.)

Greift mir die Dirne! Treibt die Alte weg!
Ihr Jungkraut ist zum Abt geladen! Sie
Mag ihres Weges geh'n!

Felix (aus der Menge).

                    Seltsame Art
Der Ladung, die den Gast gewaltsam und
Mit Söldnerfäusten holt!

(Gemurr in der Menge. Veri Lorez wendet sich zu dieser.)

Veri Lorez.

                    Frevel geschieht
Und offenkund'ge Willkür!

Irmingard (wirft sich an der Sabine Brust).

Aehne! Aehne!

Sabine
(befreit sich mit einer heftigen Bewegung von Irmingard und steht mit flam-
menden Augen und hoch erhobenem Stocke).

Steht weg von ihr! Es rühre keine Hand
An dem, was mein ist, mein, vor Gott und Menschen!

Ist Raub dein Handwerk, Mönch? Auf offner Straße
Am lichten Tage schamlos feiger Raub?
Wer gäbe Recht auf diese (auf Jrmingard weisend) dir —
dem Abt?!

Pater Cyprian (mit Würde).

Der, so zu Wächtern ihn und mich bestellt
Verfolgter Unschuld, fährbedrohter Tugend!

Sabine (mit beißendem Spott).

Haha! Ich kenn' euch, fromme Tugendwächter!
So gründlich kenn' ich und verehr' ich euch,
Daß mit dem Bahrtuch ich die Dirne deckte,
(auf die Mönchskutte weisend)
Eh' dies Gewand ich sie beschützen ließe!

Pater Cyprian.

Kein Wort mehr! Thut, was Eures Amts, Mauetsch!

Sabine (außer sich).

Und ich gebiete: Steht zurück von ihr!
Noch bin ich lang genug nicht fern von Oestreich,
Daß ich nicht wüßte, wessen Macht hier gilt!
Begehrt zu hören ihr, was euch nicht neu,
Was fest steht und verbrieft seit grauer Zeit:
(Mit erhobner Stimme.)

Den Kirchenzehnten eig'ne Dissentis,
Und seiner Gläub'gen Rater sei der Abt;
Doch alle weltliche Gewalt leg' ich
In meines Vogtes und Verwesers Hand,
Den ich in Ursern fortan setzen will!
Ein Fürstenwort — und Knechte wollten's brechen!

Manetsch.

Wo ist dein Vogt, Sabine Rennerin?
Der Bonmous suchte lang sein Livinen,
Froh die Gelände von Faido wieder
Gen diesen Haufen Steine einzutauschen!
Es ist kein Herr zu Ursern!

Sabine.

Wohl, so bleibt
Der Boden dennoch Eigen Oesterreichs
Und euer Wort hat hier nicht Geltung!

Manetsch (zum Mönche)

Pah!
Was denkt Ihr von dem weisen Spruch, Hochwürd'ger?

Pater Ciprian.

Thut, was ich sagte!

(Die Knechte fesseln Irmingard.)

Sabine.

Schütz' sie, Volk von Ursern,
Bist du so seig nicht wie an Zahl gering!

Adel

(mit plötzlichem Entschluß an den Mönch herantretend)

Herr, widerrufet dies Gebot! Ihr seid,
Die Taschen Euch zu füllen, hergekommen
Mit armer Leute Spargeld, ein Geschäft
Nicht schön zu nennen just, doch einen Schein
Von Recht noch an sich tragend. Nehmt, was Euer,
Die Habe greift, die Menschen doch laßt hier,

(bedeutsam)

Auf daß nicht beides Euch verloren gehe!

(Er wendet sich zu dem Knechte, der Irmingard gefesselt hält.)

Jag' Bären, Freund, in Rhätien, miß die Kraft
An denen, aber laß die Pirsch auf Dirnen,
Sie macht dich ehrlos! (Will Irmingard befreien.)

Manetsch (sich dazwischen werfend).

Ha, was will der Freche!
Die Hände weg, so nicht nach Kettenschmuck
Für ihr Gelenk du haschen willst! (Zieht den Degen.)

Adel
(langt das Beil, das er im Gürtel auf dem Rücken trägt, hervor).

Gemächlich!
Der Stahl wiegt schwerer denn Eu'r dünnes Eisen!
Uralter Tannen wetterzähe Kraft
Erstirbt, fährt er gell jauchzend in den Stamm.
Er spaltet fein'res Holz auch — drum gemächlich!
Besinnt euch, was ihr thut! So ihr der Alten
Gesetz und Recht und Gottes Wort zuwider
Die Enkelin entreißt, gesegnet euch
Dies Beil den Raub!
(Manetsch winkt, die Soldaten scharen sich zusammen.)

Ja, schart euch nur zu Hauf!
Ich steh' allein hier wider eure Macht!
Um Weib und Kind, ihr bißchen Armut bangen
Die Brüder; ich, ich habe nur mich selbst,
Kann um mich selbst nur spielen! Und verlier' ich,
Wohlan, vier Knechte wert' ich mich! Heran,
So's euch gelüstet, diesen Preis zu zahlen!
(Er steht mit hochgeschwungener Axt, den Angriff erwartend. Im Hintergrund
ist ein Bote erschienen; er wird vom Volke umringt und zurückgehalten.)

Veri Lorez (ist an des Adel Seite getreten).

Ich habe Weib und Kind; doch sucht' ich fürder
Mit Scham nur ihre lautern, lieben Augen,

So ich unthätig stände, da das Recht
Vor meinem Blick wird in den Staub getreten!
Gieb her die Wehr, Bursch!

(Er entwindet einem Soldaten die Hellebarde, schleudert diesen zurück und stellt
sich abermals an des Abel Seite.)

Stimme aus der Menge von hinten.

Haltet ein! Ein Bote!

(Die Söldner sind auf Abel und Lorez eingedrungen. Abel hat mit einem Beil-
schlag Manetsch den Degen aus der Hand geschlagen. Alsdann neue Rufe aus der
Menge: „Botschaft! Botschaft von Oestreich! Haltet ein!" Die Söldner zögern.
Die Bauern drängen heran und trennen die Streitenden.)

Danjoth

(der mit dem Mönch unentschlossen bei Seite gestanden, tritt dazwischen).

Botschaft von Oestreich! Laßt die Waffen ruhn,
Bis wir vernommen, wie der hohe Schirmherr
Des lang vergess'nen Thales sich erinnert!

(Mit Strenge gegen Abel und Lorez)

Ihr beiden, die ihr euch rebell'schen Geistes
Auflehntet wider wohlgesinnte Männer,
Gebt Frieden! Spricht durch seinen Boten doch
Ein Mächt'ger, den selbst ihr als Herrn erkennt!
Und Ihr, Manetsch, beliebt Euch zu gedulden;
Die Strafe findet die, so ihr verfallen!
Nur wer sie richten soll, ob Ihr, ob Oestreichs
Hochedler Herzog oder dessen Vogt,
Bleibt zu entscheiden. — Hört des Herzogs Botschaft!
So sie dem Thal den Richter nicht zurückgiebt,
Den lang entbehrten, mögt Ihr Richter sein!
Gebt Ihr mir Recht?

Manetsch (zum Mönche).

Sprecht Ihr, Hochwürd'ger; Euer
Geheiß entscheide!

Pater Ciprian.

Laßt den Boten reden!

Bote
(aus der sich teilenden Menge tretend).

Isidor Danjoth, Vogt zu Andermatt!
So, der sich also nennt, hier unter euch,
Tret' er herfür!

Danjoth.

Durch meines Herren Gnade
Bin Dorfvogt ich, und meinen Namen nennt Ihr!

Bote (gewichtig).

Euch wie dem Vogt zu Hospenthal und dem
Zu Zumdorf, treue Diener Oestreichs
Von jeher und des Herzogs Dankbarkeit
Vergessen nicht, Euch wie dem Volk von Ursern,
Dem Bürger wie dem Bauersmann, entbietet
Otto, Herzog von Oestreich, gnäd'gen Gruß!
Ein unwohnlich' Zuhause ist der Thron,
Ein Wachtturm, einsam starrend von der Höh',
Zu nah des Himmels zürnenden Gewalten,
Dem jähen Blitz, der Stürme tollem Heer,
Daß lang der Sonne warmer Schein ihm weilte! —
Von seinem Throne schweift des Herrschers Blick
Weit in sein Land und wacht und späht und sucht,
Daß nirgend sich in seines Reichs Gemarkung
Des Unheils schwarze Wolke niedersenke!
Und findet fern er eine Niederung
Vom Nachtgewölk des Unglücks überschattet,
Mag's wohl geschehen, daß sein trübes Aug'
Die sonnbeglänzten Striche läßt um dieses
In Finsternis versunk'ne arme Thal!

Und so — spricht Herzog Otto — wandte ich
Von meinen Ursern allzulang den Blick,
Daß mein gefährdet' Oestreich er beherrsche! —
Nun strahlt des Friedens Schein ob allem Land.
Ludwig der Bayer wandelte vom Feind
Zum Freunde sich, und Muße blieb dem Herzog,
Zu dieser Berge Wällen aufzuseh'n
Und seiner treuen Knechte zu gedenken!

Felix (aus der Menge rufend).

        Der Knechte, hört ihr's?
Warum nicht der Sklaven?

Bote (unwillig).

Ihr ließet ehedem den Herzog wissen,
Daß einen Richter schwer ihr hier vermißtet,
Und batet um die hohe Gunst, es möchte
Aus eurer Mitte einen Mann zur Würde
Des Vogts zu heben euch verstattet sein!
Es hat der Herzog willig eures Wunsches
Nunmehr gedacht und ernstlich ihn erwogen.
Kund sei durch mich euch allen und zu wissen:
Es sichert seiner Gnade euch der Herzog
Und sendet euch von seiner Seite den
Erprobten Freund und euren Heimgenossen:
Heinrich von Hospenthal ward abermals
Zum Vogt erkoren über dieses Thal!

(Ungestüme Rufe aus der Menge.)

Heinrich von Hospenthal!

(Eine starke Stimme von hinten.)

Fluch! Fluch dem Wolleb!

(Augenblickliche erschreckte Stille.)

Zagere Stimmen Einzelner.

Heinrich von Hospenthal! Und Gnade nennt
Der Herzog seine Wahl!

Bote (mit versteckter Drohung).

Den Hof verließ
Der Ritter wenig Stunden nur nach mir!
Die nächsten Tage führen ihn hieher!

(Das Volk, wie zu plötzlicher Pflicht erwachend, zaghaft, demütig.)

Hoch Herzog Otto! Hoch der neue Vogt!

(Abel und Lorez geben ihre drohende Stellung auf und wenden sich unter dem
Drucke einer schweren Bedrängnis zum Volke. Dieses bildet eifrig sich untereinander besprechende Gruppen.)

Lorez.

Zwei Jäger fesselten ein edles Grattier
Und hetzen ihren Hund auf das gebund'ne!

Danjoth
(in anfänglicher Ueberraschung und Unschlüssigkeit, dann sich plötzlich geschmeidig
in die Lage findend zum Boten).

Zu Recht vergleicht den Thron ihr einem Wachtturm!
In seinen Niederungen schaut das Volk
Das Gute nicht sogleich, das weiten Ausblicks
Der Fürst auf seiner Höhe ihm erspäht!
Der Herzog endet eine schlimme Zeit
Zu Ursern! Wo der Meister fehlt, da will
Ein jeder Meister sein! Und wo viel Herren,
Da führt der Unfried' kühn das Regiment!
Zu ordnen und zu schlichten braucht es Strenge:
Das Volk von Ursern faßt die starke Hand
Voll Freude und voll Unterwürfigkeit,
Die abermalen sein Geschick will lenken!

Und — wär' ich irrig — so ich sagte, daß
Ihr, würd'ger Vater, und Ihr, Hauptmann Manetsch,
Begierig seid, als erste eine Klage
Vor dieses Thales neuen Vogt zu bringen?

Manetsch (laut zum Vater).

Der Bauer redet wie ein Rechtsgelehrter
Und diesem gleich verdreht er alles Recht!
So meine Meinung gilt, nehmt Ihr die Dirne
Und laßt mich und die Knechte jenen beiden
Mauleifrigen Gesellen lohnen nach
Gebühr und Lust!

Pater Ciprian (Manetsch bei Seite nehmend).

        Still! Keine Ueberhebung!
Der Streich, vermeint für sie, verletzte Oestreich,
Und Abt Martinus hält dem Herzog Frieden!
Mag der von Hospenthal den Streit entscheiden,
Den die zwei Bauern keck vom Zaun gebrochen!
Die Dirne laßt der Alten, bis der Abt
Sich selbst beim Vogt verwendet, daß in bessern
Gedeihgrund man die junge Pflanze setze!

      (Laut zu Danjoth.)

Der Vogt von Ursern spreche Recht, wie Ihr
Es fordert, Danjoth!

    (Zu den Knechten.)

                 Gebt die Dirne frei,
Bis sie ein and'rer giebt in uns're Hut
Und jene finde, die zu leicht sich heute
Der ungebüßten Frechheit rühmen möchten! —
— Nun an die Arbeit, Manetsch! So die Batzen
So reichlich fließen wie dahier die Worte,
Wird unser Tagwerk bald beendet sein!

Manetſch (rauh auflachend).

Sie ſollen fließen! Und verſiegt das Bächlein
Auch hier und dort zu früh (an ſein Schwert ſchlagend) —
der Prügel klopft
Selbſt den geheimſten Quell zuletzt herfür!

(Pater Ciprian, Manetſch und Söldner ab. Man ſieht ſie lärmend in eine
Hütte treten, an deren Thür zwei Knechte als Wächter zurückbleiben.)

Ein Bauer (aus der Menge ſtürzend)

Heut' gilt kein Markten! Jeſus, meine Habe!

Danjoth
(der mit dem Boten im Geſpräch geſtanden, zu dieſem).

Seid deſſen ruhig! Zum Empfange findet
Der Ritter ſeinen Turm bereit! — Doch Ihr
Entbehrt noch jeglichen Grüßgott's! Verzeiht,
Daß ich, vielwicht'ger Botſchaft freudig lauſchend,
Und eifrig, meines Herrn und Vogtes Wünſche
Zur Stelle zu vernehmen, Eurer noch
Und Eures weiten Wegs vergaß. Verzeiht!
Doppelt bezahl' ich aufgelauf'ne Schuld
Und heiß' Euch jetzt als Gaſt und Freund willkommen!
(Lauter.)
Wollt mir zu meiner armen Hütte folgen,
Daß ich dem guten Boten in des Volks
Und meinem eig'nen Namen Willkomm trinke
Und ihn zu weit'rem Wege ſtärke. Kommt!
(Mit dem Boten ab.)

(Das Volk ſteht einen Augenblick wie in Erſtarrung. Aus der Hütte, wo die
Zehntner amten, bringt Lärm und Gezeter einer Weiberſtimme Dann ſieht man
den Zug derſelben die Hütte verlaſſen und im Hintergrunde verſchwinden.)

Felix (nach einer Bank hülpend).

Hier ſetz' ich mich und ſchau' dem Mahle zu!
Der fromme Diſſentiſer ſchleckt den Rahm,

Die Milch säuft gierig der von Hospenthal,
Ein Bettelbecken bleibt: du, Volk von Urfern!

(Lacht mißtönend.)

Meier=Veri.

Spar' deinen Spott und flenne statt zu lachen!
Die grimme Laue grollt in ferner Berghöh',
Die niedersaust so heut' wie eh' und rings
Zerschmettert, was ein Jeder sich an Glück
Und Gut erbaut in eines Jahres Frohn.
Und schwerer stürzt sie diesmal denn zuvor!

Ein Bauer.

Und 's ist kein Retten!

Ein Weib.

Keine Hütte schützt
Vor denen, so die Laue thalwärts wälzen!

(Während das Volk sich langsam zerstreut, nur Felir, der Hirt, das Gesicht wider
die Sonne schattend, auf der Bank verharrt, wendet sich auch Sabine, auf Irmin=
gard gestützt, zum Gehen. Sie hat auf die Rede der Bauern geachtet, steht plötzlich
still und spricht zu den letzten der sich entfernenden gewendet mit gewaltiger
Stimme.)

Sabine.

Wo Männer zagen, flennen mit den Weibern,
Ist Rettung nicht! — Baut einen Wall von Leibern!
Nehmt einen sichern Mörtel: Todesmut!
Und traut auf Gott! Die Mauer schützt euch gut!

(Mit Irmingard ab.)

Der Vorhang fällt.

Zweiter Akt.

Hütte der Sabine. Weiter, halbzerfallener Raum, niedere, brüchige Decke, Risse in den rohen Steinwänden. Im Hintergrund rauchschwarze Steinschicht, den Herd bildend, darüber ein Hängekessel, Rauchfang. Im Vordergrund roher Tisch, Stühle nahe einer Fensterlucke. Auf einer andern Seite in der Nähe des Herdes mächtiger Tannenstrunk, darauf ein Beil. In einer Ecke Strohlager der Sabine. Eine Thür nach einem Seitenraum. Eine Leiter, die zum Oberboden führt. An der Südwand eine Thür ins Freie.

Es ist Abend. Die Dämmerung der Stube wächst. Auf dem Herde brennt das Feuer. Auf dem Tische ein Oellicht, trübe leuchtend. Durch die Ritzen des Gemäuers pfeift der Wind. Zuweilen bringt keiner Schneestaub herein. Man hört den Sturm sich heulend an die Mauer werfen, vorüberjagen und in den Schluchten sich in langgezogenem Stöhnen verlieren. Von Zeit zu Zeit ist das Peitschen der Schneewellen, die von außen wider das Gebäude schlagen, hörbar.

Die Sabine liegt lang ausgestreckt, aber den Kopf sinnend in die Hand gestützt, auf ihrem Lager. In der Nähe des Herdes Irmingard am Spinnrad.

Irmingard.

's wird eine böse Nacht! Der Sturmwind mißt
Die wilde Kraft am Schellinengestein
Und rüttelt am verwitterten Gewänd,
Als griffe seine Faust nach Wurfgeschossen,
Was lebend heißt, steinschleudernd zu zerschmettern.

(Sie schaut auf und nach der Alten. Da ihre Rede unbeachtet bleibt, starrt sie sinnend vor sich hin und fährt bei einem neuen Sturmstoß zusammen. Alsdann fährt sie in der Rede weiter.)

Mein Gott, so Wand'rer stiegen durch die Schluchten!
Zur Schulter reichte mir der Schnee, da ich
Vor einer Stunde nach dem Gaden schritt.
Und aus den Nebeln schwirrt es immer noch
Als wie von Fetzen weißen, weichen Linnens.

(Sinnend.)

Wie Linnen — Gott — so einer jetzt da unten
Im Teufelsthal, der Weg und Steg nicht kennt,
Und strebte bergwärts!

Sabine (kalt, seltsam).

Sorg' dich nicht! Der find't
Das Leichentuch bereit: Laß ihn sich strecken!

Irmingard.

Sprecht so nicht, Aehne! Stellt euch fühllos nicht!

Sabine (auffahrend).

Fühllos? Recht hast du, Dirne! Die Vulkane
Erkalten und vernarben eher, denn
Ein heißes Menschenherz.

Irmingard (vom Stuhle emporschnellend).

Horcht! Horcht! Was war das?

Sabine (gleichgiltig, höhnisch).

Der Teufel warf nur eine Hand voll Schnee
Ans Fenster zweier ausgestoß'ner Weiber!

Irmingard (mächtig erregt).

Nicht diesen Hohn! Ihr schmäht Euch selbst damit.

(Sich unterbrechend, lauschend.)

Da! da! Schon wieder! Hörtet Ihr den Ruf?

(Man hört einen langgezogenen, sich mehrmals wiederholenden Schrei, der näher
und näher, müder und müder klingt. Irmingard hat sich der Thür genähert,
sie aufgerissen und lauscht. Schnee stiebt durch die geöffnete Thüre. Der Ruf
erschallt noch einmal schwach, ganz nah. Ein Mönch taumelt unter die Thür.
Irmingard führt ihn herein.)

Mönch
(alt, grau, die Hand am Brustkreuz, lallend).

Dir, Gottesmutter, alle Heil'gen, Euch
Sei Preis und Dank für dieses Obdach!

Irmingard (ihn leitend und stützend). Kommt
Zum Herde, frommer Vater! Laßt die Flamme
Euch wärmen! Ruht Euch aus! Erholt Euch recht!
Ich schaff' Euch Stärkung. (Zu Sabine.) Aehne, ein Verirrter,
Dem Teufelsthal entstiegen!

Sabine.

Sich'rem Grab
Entronnen, schritt er jenen Weg allein!

Mönch
(fromm, indes Irmingard ihn geschäftig bedient).

Ich war allein und doch nicht führerlos!
Als meiner Augen Sehkraft mir versagte
Und ich den Pfad verlor, der Fuß im Schnee
Versank und mühsam keuchend nur die Brust
Sich mir noch hob, faßt' ich dies Kreuz und sprach
Ein Stoßgebet, und betend taumelte
Ich bergwärts, blind, unmächtig ganz. Da fand
Ein Höherer für mich den Weg hieher.

Sabine (spottend).

Ein Wunder, wie es frommen Seelen oft
Geschieht.

Mönch (erhebt sich unwillig).

Du spottest! Leugnest du die Macht,
Die eben noch sichtbarlich mich behütet,
Will ich, müd' wie ich bin, von dannen zieh'n,
Tausch' ich des Wetters Todesbräuen an
Die Rettung, die du lästernd hier mir bietest.

Sabine.

Bleibt! Bleibt! Ich raub' Euch Euren Glauben nicht!
Den rühm' ich, der so recht von Herzen glaubt;
Nur sah ich Wen'ge wert noch dieses Ruhms.

Irmingard (dem Mönche kredenzend).

Trinkt, frommer Vater! Segn' es Gott!
(heimlich) Ihr dürft
Nicht zürnen ob der Aehne Reden. Unglück
Hat sie verbittert. Sie ist gut, ich weiß es,
Und da ich's weiß, kränkt es mich bitt'rer, daß
So Viele übel von ihr denken müssen.

Mönch
(nachdem er den Becher zum Munde geführt).

Hab' Dank! Du labst mich zwiefach!
(Hebt den Becher.)
Dies dem Leib!
Dem Geist war Labsal deine Rede, drin
Mich Mitleid mahnt und fromme Liebe bittet.

Sabine
(die kein Auge von dem Mönch verwendet hat, plötzlich rauh, doch leise zu Irmingard, die sich ihr genähert hat)

Laß mich allein mit diesem, Irmingard!

(Irmingard zögernd, aber gehorsam ab. Der Mönch hat, von Müdigkeit übermannt, den weißen Kopf in die hohle Hand gelegt. Einmal greift er nach dem Becher und trinkt. Sabire's Blick ist auf ihm. Langsam richtet sie sich vom Lager auf und tritt, noch mit einem Entschlusse ringend, auf ihn zu.)

Sabine.

Seid Ihr, was Ihr zu scheinen Euch bemüht?
Wohnt, was Ihr spracht, auf Eures Herzens Grund,
Nicht auf geläuf'ger Zunge nur, wie ein
Erlernter Spruch? Sagt, wäret Ihr so wahr,
Wie Eures Scheitels ehrbar' Weiß verspricht?! —
(Leidenschaftlich.)
Gebt mir in dieser Welt erlog'ner Würde
Einen, der würdig ist, — ich will ihn ehren,
Bewundern wie die lichte Himmelssonne,
Die sieghaft überwindet Nacht und Grau'n!

Mönch (ſich ihr mitleidvoll zuwendend).

Was hält dich nieder mit ſo ſchwerer Hand,
Daß du, gebückt, in Tiefen ſtarrend, ſchauderſt
Und nicht vermagſt, das Aug' zur Höh' zu wenden,
Wo ſo viel Licht iſt, wie im Thale Schatten?
(Er will ihre Hand faſſen.)

Sabine (ihm heftig wehrend).

Berührt nicht meine Hand! Denn ſeid Ihr gut,
Bin unwert ich, vor Euch im Staub zu liegen,
Und heuchelt Ihr, ſo iſt ſelbſt dieſe Hand
Zu gut noch, daß im Gruß ſie Eure finde.

Mönch (für ſich).

Seltſames Weib! (Laut.) Was kann ich thun,
                            daß du — —

Sabine.
(Iſt zuſammengefahren, ſtarrt ihn mit aufgeriſſenen Augen an, ihn
unterbrechend.)

Was Ihr mir thun könnt? —
(Plötzlich laut, befehlend.)

                            Legt die Hand an's Kreuz
Und ſchwört mir mit dem heiligſten der Eide:
Wähnt Ihr es Wahrheit, glaubt Ihr kindergläubig,
Daß Euch ein Gott dem Todesthal entführt?!

Mönch
(feierlich, mit zum Himmel gerichtetem Blick).

Nicht, daß ich glaube, ſchwör' ich; daß den Lenker
Ich ob mir weiß, daß ich den Retter fühle,
Das will ich ſchwören!

Sabine (in ſeltſamer Spannung).

                            Und der Himmel ſchützte
Und ſchirmte Euch, weil gut Ihr ſeid und fromm?

Mönch.

Ich bin nicht gut! Mensch sein heißt fehlen; doch
Weil er barmherzig ohne Grenzen ist,
Beschützte mich der Höchste!

Sabine (erregter).

Winkte denn
Des Herrgotts Mitleid auch den Schuldbelad'nen?

Mönch.

So tief ist keiner Sünde Finsternis,
Daß nicht ein Stern sie hehren Glanzes hellte:
Barmherzigkeit!

Sabine
(plötzlich starr und mit furchtbarem Ernst).

Nein, mißversteht mich nicht!
Was Stand und Eid zu sagen Euch gebieten,
Will ich nicht wissen. Wie Ihr Eurem Kinde,
Dem eig'nen Fleisch und Blut, nicht lügen könntet,
Wie einen Sterbenden man nicht belügt,
So gebt mir Antwort: Ist Barmherzigkeit
Auch für Verworfene?! —

Mönch.

Ich sagte es:
Auch dem Verworfensten, der Buße thut,
Wird Gott vergeben!

Sabine (kalt).

Ha! — der Buße thut!
Doch ist's für Tausende zu spät zur Buße!

Mönch.

Für keinen, dem ein Funken Leben noch
Im Leibe mottet, dran der Reue Flamme
Sich zünden mag.

Sabine

(faßt seine Hand mit hartem, herrischem Griffe).

Bei deiner Seligkeit
Gieb Wahrheit, Wahrheit, nichts mir als die Wahrheit!
So einer grau ward als des Lasters Sklave,
Nähm' ihn ein Gott zum Diener dennoch an?
Löscht eine Hand voll Tage, fromm gelebt,
Verglasten sündendüst'rer Jahre aus?
Streicht eine einz'ge That ein Lebenswerk?
Schrie eines sterbenden Verbrechers Schrei:
„Herrgott vergieb!" von aller Schuld ihn frei?! —

Mönch.

Sahst du sturmdüst're Tage nie in sanften,
Purpurdurchlohten Abend sich verlieren?
So birgt sein Spätlicht jedes Menschen Tag,
Und seinen Dämmerschein hat jedes Dunkel.

Sabine (weich. sinnend).

Ich deute Eurer Worte tiefen Sinn. —
Und es wird still in mir — so still als wie
Zur Kinderzeit, wenn seiner tollen Dirne
Des Vaters Hand die glüh'nde Stirne strich
Und seiner Stimme liebeweicher Klang
Ruhvoll und jäh so Schmerz als Zorn mir dämpfte.
Wär' nicht an Jahren ich so nah' Euch, wollt' ich
Euch Vater nennen, so heiß' ich Euch Freund,
Und eines Freundes Dienst heisch' ich von Euch.
Versagt ihn nicht, ob Ihr auch Gastfreundschaft
Mit nie erhörtem Reichtum üppig lohnt!
Die gut und fromm wie Ihr, verspenden ja
Mit frohen Händen ungeheu're Schätze
Der Liebe.

Mönch.

Was begehrst du?

Sabine.

Beichten laßt mich!
Was ich noch keinem je gestand, was ich
Mir selber lang und feig verhehlt, laßt mich
In Worte fassen, und erstarrt Ihr nicht
In Schrecken, wendet Ihr nicht in Verachtung
Vorher Euch von mir, will um einen strengen
Richtspruch ich Euch auf meinen Knien bitten.

Mönch.

Aus Sturm und Tod bin ich hieher gefloh'n;
Flieh nun zu mir in deines Sturms Bedrängnis
Und laß mich Retter dir, nicht Richter sein!

Sabine (auf einen Stuhl weisend).

Dort laßt Euch nieder, mich laßt hier verweilen.
(Läßt sich im Vordergrund nieder.)
Ich will die Gegenwart nicht sehn, derweil
In des Vergang'nen Gruft ich niedersteige.
Schweigt still, ganz still! Hört mich geduldig an!
Ich führ' Euch wirre und gewund'ne Wege,
Darin ich selber nicht mehr kundig bin,
Drum stört mich nicht, derweil ich sinnend suche.

(Der Mönch nimmt seinen Sitz am Herde wieder ein. Sabine beobachtet ihn
scharf, wendet sich dann langsam, stützt die Ellbogen auf die Knie, legt den Kopf
in die Hände, ihre Augen vergrößern sich wie die einer Seherin. Sie spricht
wie im Traum.)

Sabine.

Da ich noch jung und schuldlos war, da lebt'
Ich hier im Thal. — Noch besser — ich war schuldlos,
So lang ich dieser Berge Heimathauch,

Den ewig reinen, trank. (Für R&.) Und seltsam, seit
Den lautern Hauch ich wieder atme, faßt
Die Sehnsucht mich nach Tagen rein und schuldlos!
(Pause.)

Mein Vater saß zu Hospenthal, ein Bauer,
Wie sie hier alle sind, geraden Sinns,
Zäh wie der letzte Waldstrauch hart am Schnee,
Wie das Gestein im Teufelsthal so rauh,
Und wetterfest wie am Gehäng' die graue,
Von tausend Stürmen ungeworf'ne Fichte. —

Wir saßen warm, sechs Rücken, in dem Nest,
Und von den sechsen nannt' er mich das liebste,
Mich setzend an der toten Mutter Statt.
Sein Thun ist's nicht, daß ich dem Nest entfiel.
Und wär' es mein's? — Im Hause war ein Knecht,
Von denen einer, die von Heimat nicht,
Von froher Rast am trauten Herd nicht wissen,
Die, wie der Vogel hinterm Frühling herzieht,
In ew'gem Wandern bess're Stätten suchen. —

Was ihn in uns'rer Hütte hielt, weiß Gott!
Mir schien's — er war eisgrau — er sann ans Sterben
Und wähnte sich dem Himmel näher hier
Denn anderswo und denn er just verdiente!
So blieb er, blieb jahrein, jahraus, so oft
Vom Weitergeh'n er redete. Und weil
Sein Arm wie Eisen stark und seine Hand
Geschickt zur Arbeit, hielt ihn fest der Vater. —

Allabendlich beim Flackerschein des Kienspahns,
Wenn das Gesinde sich zur Feierstunde
Zusammenfand, ging im Gelaß der Knechte
Des Fahrers Stimme laut und prahlerisch.
Redselig war er, doch verstand er wohl
Der fernen Lande Wunder gen des Thals

Armselige Verlassenheit zu rühmen.
Allabendlich stand ich und lauschte ihm
Verhaltnen Atems aus verborg'ner Ecke.
Ein Morgen aber fand mich vor der Hütte.
Die Hände beide legt' ich an die Brust,
Die mir ein Etwas plötzlich grausam engte:

(Erregter.)

Wie Kerkermauern nah und kalt die Berge,
Den Ausblick wehrend und der Sonne, selbst
Den Himmel mir, den schrankenlosen, schränkend.
Die Schnüre riß ich los am Mieder, daß
Der herbe Druck sich mir vom Busen löse.
„Werft mir die grauen Mauern nieder!" drängte
Ich einen Schrei zurück. Der aber scholl
Von Stund' an mir in meiner Seele wieder.
Und — eines Tags entlief ich meinem Heimdorf! —

Nie frug ich lang nach dem Gelingen erst,
Eh' denn ich wagte. Manche Menschen sind
Rasch wie der Frühlingssturm zur That und gleich
Unbänd'gen Geists zum Bösen wie zum Guten.
Ob es die schlechtesten, ob die, so ewig
Kühlem Verstand und nie dem Herzen folgen,
Vor Sünde sich'rer sind? Was frag' ich jetzt!
Wär' ich der Weiseste landauf, landab,
Was raschen Herzens ich gefehlt, das fänne
Nun kein Verstand mehr ungescheh'n.

Der Enge dieses Thals entrinnend, stieg
Gen Rhätien ich, ein Pilger ohne Ziel,
Des Wegs unkundig, den ich hastend schritt.

Doch, der da wandert, achte, daß ihm nicht
Ein Schalk, ein Schuft ungute Wege weise!

Ein Söldnerhauptmann ward zum Weiser mir,
Der mich, verirrt, auflas am Straßenrand,

Ein blonder Bursch, mit Augen wie der Morgen,
So klar und ohne Falsch. Wie Heimlaut ging's
Zu Herzen, so er sprach. Ich folgt' ihm gern,
Ich folgte ihm, so wie mit sechzehn Sommern
Dem Spielgenossen ohne Arg man folgt,
Der irgendwo ein Vogelnest gefunden,
Der Beeren steh'n weiß oder selt'ne Blüten.
Und er war gut zu mir und wies die lang
Erträumten Wunder mir der Welt. So als
Den Preis er für erzeigte Liebe heischte,
Zahlt' ich ihn gerne, bot ich ihm mich selbst.

Ich feilschte ehrlich, gab ein heißes Herz
Und meint' ein andres dafür einzutauschen:
Der erste Handel schlug mir grausam fehl!
Da ward ich klug, verlegte mich auf's Schachern.
Hei, wie verstand ich plötzlich da das Werten!
Mein Leben ward und war ein einz'ger Wucher
Mit vielbegehrter Ware, Herr, — mir selbst.
Und diese Ware ging von Hand zu Hand!

(Hält inne, dann ungestümer.)

Ein Sündenmeer durchbrandet alle Welt!
Wollüstig stürz' ich mich in seine Fluten.
Die Welle faßte mich, trug mich empor,
Ließ mich an einem Fürstenthrone rasten,
Und riß, mich spülend von den gold'nen Stufen,
Tiefer und tiefer mich, spie aus den Raub,
Ein Trümmerwerk, an diesem Heimgestade
Und rollte weiter! — Herr, ich leugne nichts:
Seit ich, ein Kind, aus diesem Thal entlief,
War an mir nichts, das ehrbar war und gut.

(In höchster Leidenschaft.)

Das Laster schrieb ich auf's Panier und trug
Höhnend ein ganzes Leben lang mein Zeichen,

In Sünde groß! Geht, fragt am Hofe Oestreichs:
Man kennt dort die Sabine Rennerin!

(Plötzlich sanft und leise.)

Doch seit mein Fuß den Boden wieder tritt,
Bin ich mir selber fremd. Wär's, daß hier oben
So nah dem Himmel Sünde nicht gedeiht,
Wär's, daß, wer seiner Kindheit frommes Thal
Nach eines Lebens Irrfahrt wieder findet,
Sich thöricht sehnt, noch einmal Kind zu sein. —

(Leiser, langsamer, während sie in die Knie sinkt.)

Sprich nun, o Mönch: Es ist zu spät für mich!
Wer also tief versank, den hebt kein Retter,
Und neigte er sich nieder aus den Sternen!

(Sie rutscht auf den Knien zu dem noch immer schweigenden Mönche.)

Dein Urteil, Mönch! Verdammnis?! Ew'ges Dunkel?!

(Der Mönch hat sich über sie geneigt und zieht sie langsam empor.)

Mönch (feierlich).

Ein heil'ger Funke glüht in jeder Seele:
Der Hang zum Guten, nein, das Gute selbst,
Das einzig Göttliche am Staubgebor'nen
Und unvergänglich, da es göttlich doch!
Kein Mensch auf Erden geht so gar verloren,
Daß ihm der Funke stürbe in der Brust.
Das glüht und glüht, so lang noch Leben pocht;
Der Tage letzter noch mag ihn entfachen,
Daß seiner reinen Flamme Wunderbrand
Die Unschuld löst von aller Sünde Schlacken,
Wie edles Gold sich trennt vom ekeln Erz.

Sabine (ganz in die Höhe taumelnd).

Du giebst mich nicht verloren, Mönch? — Was soll
Ich thun?

Mönch.

Nicht rückwärts schauen! Geh' und lebe
Die Handvoll Tage, die dein Leben mißt,
Als seist du just zum Leben erst erstanden.

Sabine.

Wie büße ich?

Mönch.

Hochmütig bist du, Weib!
Beug' dich in Demut dem selbst, der dich höhnt.

Sabine (mit fieberhafter Spannung).

Und diese Hände wären rein genug
Wohlthaten noch an andere zu spenden?

Mönch.

Ja! Wohlthun edelt auch des Aermsten Hand.

(Adel tritt, hastig die Thür aufstoßend, ein.)

Adel.

Mutter Sabine!

Sabine
(ist mit leuchtenden Augen einen Schritt zurückgetreten).

Diesem sag' es, Mönch,
Daß würdig noch des Wohlthuns meine Hand.
Noch habe ich ein Glück ja zu verspenden,
Und keinem böt' ich's lieber, denn just dem!

Adel (verwirrt).

Was ist Euch? Nie sah ich Euch so bewegt!
Aus Eurem Auge bricht ein junger Strahl,
Der Eures Scheitels stilles Weiß belügt.

Aufreckt sich hoch der jahrbeschwerte Leib
Und wie zum Streit gerüstet steht Ihr da —
Was widerfuhr Euch Großes, Rennerin?

Sabine.

Ja, ja! Du fassest diese Wandlung nicht,
Die Lebensfeuer jagt durch schlaffe Adern,
Die einen späten Sommer läßt erblüh'n,
Wo schon des ew'gen Winters Grabgruft gähnte. —
(Zum Mönche.)

Kommt, frommer Vater, Ihr bedürft der Ruh'
(Oeffnet eine Thür.)

Und sollt Euch schlafen legen. Schenk Euch Gott
So viel des Friedens, als in diese Hütte
Mit Euch heut' trat! (Zu Abel.)
Du wartest, guter Freund!
Wir haben vieles zu bereden.

Abel (heimlich zu Sabine).
Bleibt
Zu lang nicht fern; ich bringe Neues Euch.

(Mönch und Sabine ab. Abel läßt sich am Tische nieder und versinkt in Sinnen.
Man hört noch immer das Toben des Sturmes. Nach wenigen Augenblicken
kommt Sabine zurück)

Sabine
(von Abel unbemerkt hinter ihn tretend).

Da bin ich; doch verlor sich der inzwischen,
Der mich zu rascher Wiederkehr gemahnt.
Führt aus der halbzerfall'nen Hütte selbst
Ein Weg noch aus ins Sonnenland der Träume?

Abel (der aufgefahren ist).

Wißt Ihr, ob ich nicht just im Dunkel irrte?

Sabine (überlegen).

So war das Dunkel ich. Ich will dir's hellen!
Doch erst die Botschaft!

Abel (hastig).

Schon zu Altdorf sah
Den Wolleb man. Er nahm den Weg durch Uri,
Klug überlegend, daß des Nachbars Freundschaft
Ein unbeschrieb'ner Bogen Pergament noch.
Und rasch entschlossen trägt er seinen Namen
Ins Blatt. Zu spät nun kommen Andre!

Sabine.

Kleinmütiger! Der Völker Freundschaft ist
Wie eines schönen Weibes Gunst, sie fällt
Je dem zu, der sie just zuletzt umschmeichelt.
Doch weiter! Weißt du mehr von diesem Wolf,
Der sich des nahen Jägers Freundschaft sichert,
Eh' denn er einbricht in die Herde?

Abel.

Eilig,
Als trüg' er Heimweh nach dem Boden, den,
Abtrünnig, niemals er gewertet, wollte
Der Vogt am heut'gen Tag noch Ursern seh'n.
Der Sturm hat ihm den Weg verlegt. Er mag
Zu Altdorf bessern Reisewetters harren,
Wo nicht beim Gesch'ner Schloßherrn er noch gastet,
Bis ihn die Teufelsschlucht mit mild'rem Gruß
Empfängt.

Sabine (nachdenklich).

Wer weiß! Feig war er nie. Er liebt's,
Mit allen Stürmen sich herumzuschlagen.

(Wie aus tiefem Sinnen aufschreckend, unterbricht sie sich.)

Abel!

Abel.

Was ist's?

Sabine.

Was hältst du von dem Weibe,
Das vor dir steht?

Abel.

Seltsame Frage, das!
Dächt' ich nicht gut von Euch, säß' ich nicht hier.

Sabine.

Du weichst mir aus. Hör' mich! Ich scherze nicht!
Und wie die Frage, heisch' ich deine Antwort:
Ehrlich und ohne Scheu! Du weißt, was sie
Im Thale von mir reden.

Abel.

Reden! Reden!
Die Lüge hat der Mäuler stets genug.

Sabine.

Sie reden unsühnbare Schuld mir nach:
(Mit schwerer Betonung.)
Und lügen nicht!

Abel (nach kurzem Zögern).

Ich sehe nur, was ist.
Was einstmals war, steht mir nicht an, zu fragen.
So wie Ihr seid, seid Ihr mir recht. Vor mir
Liegt noch das Leben, das Ihr ganz gelebt.
Wie sollt' ich richten, eh' ich selbst bestand
Und ungewiß, ob nicht mein Spruch auf mich
Zurück einst fiele!

Sabine.

So du fühlst, was du
So tönend redest, ehr' ich alte Weisheit
In deinem jungen Haupt.

Adel.

Gab ich Euch Ursach',
Auf mich als einen Lügner je zu schau'n?

Sabine (faßt milde).

Nicht doch, mein Bub! doch sprächst du anders nicht,
Wär' die Sabine nicht der Irmingard
Verwandt?

Adel.

Versucht Ihr mich? So wißt, zu hoch
Halt' ich mich selbst, als daß ich mir ein Glück
Mit Schmeicheln kaufte, das so feig als Lüge.

Sabine (begeistert).

Du bist es, Adelrich, ich trog mich nicht:
An Adel reich, der Name paßt dir gut!
Wohlan denn, mit Vertrauen zahl' ich dir
Vertrauen. Hör' mich ruhig an, und bist
So kühn wie wahr du, bist du mein Gesell!

(Sie tritt zurück, mißt heftigen Ganges einmal die Stube und spricht, in einer
fernen Ecke stehen bleibend.)

Ich trage eine Schuld, so ich gehäuft
In eines ganzen Lebens schnöder Arbeit.
Die will ich zahlen mit dem Häuflein Tage,
Das mir noch blieb. Der Sünde Sklaverei
Brech' ich und sprengend meine eig'nen Ketten,
Reiß' ich zur Freiheit auf dies Volk der Knechte.
Entsünd'gend mich, mach' ich mein Ursern frei!

Abel (nüchtern).

Die alten Pläne! Schwärmerisches Sinnen!
Ein schönes Wollen, doch ein schwer' Vollbringen!
Wie oft schon pflogen hier wir Rats, wir beide,
Von gleicher Liebe, gleichem Mitleid auch
Beseelt für dieses Thal, und doch unmächtig,
Zu dienen und zu helfen, wo wir liebten!
Wohl nahm ich manchen guten Rat mit heim,
Den Ihr mir mitgabt, sät ihn in das Volk,
Wie man ein Korn in guten Boden legt.
Doch Rat ist Hülfe nicht, ist niemals That!
Und Ihr — verzeiht — das Volk will Euch nicht wohl,
Und Eurer Führung wird es nimmer folgen!

Sabine.

Es muß! Es wird! — Des eig'nen Unwerts voll,
Verzagend ob der eig'nen Niedrigkeit,
Wagt' ich den Weg nicht zu beschreiten, der
Zur Höhe führt. Der Mönch wies mir die Straße!
Und keiner hält mich mehr. Sei du der erste,
Der mir Geleitschaft schwört! — Doch hör' mich erst!
Was in den Nächten, da der Schlaf mich floh,
In dieser Wände Einsamkeit ich sann,
Sei dir verraten. Unterbrich mich nicht!
Erst wenn du alles weißt, magst du entscheiden,
Ob du dich mir gesellen willst — ob nicht.

Abel
(verfolgt sie aufmerksam mit den Blicken, derweil sie ein langsames, aber ruhe-
loses Hin- und Herwandern anhebt und manchmal zögernd, wie um Gedanken
zu sammeln, stehen bleibt).

Ich höre. Redet!

Sabine.

Kam dir nie zu Sinn,
Wie dieses Volk unmündig gleich dem Kinde,

Das unter harter Pfleger Fauſt ſich windet
Und an Entkommen doch nicht ſinnt, derweil
Es keine Thüre findet zum Entſchlüpfen!

(Lauter.)

Hier meinen Schwur: Entmünd'gen will ich ſie! —

(Aufs neue wandernd.)

Sie werden mich nicht hören, meinſt du? Nun
Ein paar doch weiß ich, die ein Ohr mir leih'n
Und mit den Wen'gen locke ich die andern.

(Stille ſtehend.)

Ein feſtes Seil iſt Neugier, Burſch, ich ziehe
Daran dies Volk in die verfehmte Hütte.

Drei Männer lad' ich außer dir, den Lorez,
Den off'nen Mann, deſſ' Herz für Freiheit ſchlägt,
Fibel, den Schmied, ſchlagfertig wie ſein Hammer,
Und Anton Chriſten, ſchlau, verſchwiegen, wie
Ein kluger Höfling, der am Staatsſchiff rudert.
Ich lade ſie. Du magſt ſie für mich bitten.
Sabine Rennerin, ſo ſprich, heißt euch
Um ihres toten Vaters willen kommen,
Der eurer Väter Streitgenoſſe war —
Sie werden kommen!

(Pauſe, dann aufs neue hin- und herſchreitend.)

Einen Weg zur Freiheit
Will ich ſie lehren und durch ſie das Volk,
Und ſei's ein ſchlimmer Weg, der ſicher nur,
Wenn ihn die ganze Schar geſchloſſen geht.
Der Wolleb aber ſei der Schmied, der ſie
Mit unbarmherz'ger Hand zuſammenſchweißt!

(Nach kurzer Pauſe lebhafter.)

Ich kenne dieſen Hoſpenthal, ich ahne,
Was ihn zurück nach Urſern wieder führt:
Was ſich wie Gnade anſieht ſeines Herrn,

Ist Strafe fast, nackt heißt sie: die Verbannung!
Doch haben sie ein seiden Mäntelein
Fürsichtiglich ihr umgehängt. Du weißt,
Zuweilen kommt mir Botschaft noch vom Hof;
Nun wohl: Ehrgeizig war der Wolleb stets!
Mir scheint, aufsteigend Stuf' um Stufe, ließ
Er an Erreichtem nimmer sich genügen
Und hob die Hand nach Früchten, die nicht ihm
Gereift. — Der Herzog will ihn kühlen, schickt
Ihn heim an seine ew'gen Gletscher; doch,
Den jähen Abschied ihm zu leichtern, drückt
Er warm die Hand ihm: Hab dich wohl, mein Vogt! —
So las ich seines Boten schwülst'ge Kunde,
Und laß die Zeit dich's lehren: ich las recht!
(Pause, tritt dann näher an Abel, neigt sich über ihn und spricht hastiger, leiser:)

Den Mann aus seiner Näh' zu bannen, hat
Der Herzog Macht. Den Ehrgeiz löscht er nicht!
Die Flamme bläst kein frost'ger Firnhauch aus.
Des Todes Atem einzig tilgt auch sie.
Noch aber lebt der Wolleb, lebt und sinnt
Auf Thaten, Ruhm und Macht. Herziehn wird er,
Des Herrschens kund'ger und an Herrschsucht reicher
Denn ehedem. Der Fürsten knechten wollte,
Der schafft aus Knechten Sklaven. Ha, zu Ursern
Wird bald genug ein dumpfes Murren geh'n,
Ein weher Tierlaut, doch auf Menschenlippen!
Dann sind die gleichen Lippen reif zum Schwur
Der Todestreue und der Einigkeit.
    Der Rennerin zerfall'nes Wohngebälk
Sei Urserns Rütli, wo das Volk sich findet
Und einig sich zu einem Werk verbindet!

         Abel (zum ersten Mal emporfahrend).
    Und so es sich erhebt als wie ein Mann,
Der Streit ist fährlich, unverbürgt der Sieg!

Zwei mächt'ge Mauern engen sein Bewegen:
Hie Hospenthal, dort der von Dissentis!

Sabine.

Da wo die Macht fehlt, muß die Klugheit streiten!
Das Volk darf offen nicht den Feinden steh'n.
Drum hetz' es heimlich einen gen den andern
Und überwältige den Sieger nur!
Ehrgeizig nannt' ich dir den Hospenthal. —
Der lüstern war nach Lehn und Würden, doch
Den Einsatz nun verlor im hohen Spiel,
Der würfelt nur zu gern um neuen Preis.
„Herr über Ursern!" Pah, ein schlechter Tausch
Gen Grafenkronen. Besser doch als nichts!
Zeig' ihm die Lockspeis' und er greift darnach.
Was fragt der ferne Herzog nach dem Steinloch?
Kommt ihm zu Ohren, daß der Hospenthal
Nicht länger mit dem Abte teilt, er lächelt,
Und Wolleb hat, wonach er strebt, ein Land.
Wie lang — das liegt in unsrer Hand! Ich meine,
Ein Stündlein sei die Freud' ihm wohl zu gönnen.

Abel.

Doch was der Herzog seinem Lehnsmann billigt,
Verzeiht er seinen Knechten nicht! Das Volk,
Das sich empört, entgeht der Strafe nicht.

Sabine.

Spricht so derselbe, der am Zehntentag
Vor allem Volk der Freiheit Loblied sang?
Ein arger Stümper mag ich sein im Spiel
Um Tod und Leben, Freiheit, Gut und Macht.
Doch ehe ich's begann, hab' ich's bedacht!
Allein mag Ursern wohl dem Wolleb trotzen,
Hinwider Oestreich braucht es einen Freund:
Sieh, dort liegt Uri — such' ihn länger nicht!

Abel.

Sagt' ich dir's nicht? Der Hospenthal war klug,
Der Urſner kommt zu ſpät zum Nachbarthal.

Sabine.

Zu ſpät? Vorſicht'ger Grübler! Abel! Abel!
Mißkannt' ich dich? Wärſt du mit Worten nur
So freiheitsfroh, und feig zur ſchweren That? —
Wohlan denn, Zaubrer, lehr' ich euch, ein Weib,
Wie viel der Macht in euch, ihr Träumer, ruht!

(Mit wachſender Begeiſterung.)

Aus eurem Taumel reiß' ich euch empor!
Aufſchäumen müßt ihr wie der Wildbach, der
Im Regen ſchwoll und vom Gewände fährt!
Mit dieſen Händen reiß' ich auf die Schleuſen
Der Zagheit, überkluger Lammsgeduld!
Und wenn die Waſſer wild genug, den Wolleb
Und den von Diſſentis hinwegzuſpülen,
Dann will ich ſelbſt gen Altdorf eilen, will
Auf off'nem Marktplatz werben für mein Volk!
Die hundert Echo will ich wecken, die
Noch kaum erſtorben in der Urner Herzen,
Von blut'gem Ringen, Männertreu und Sieg!
Noch ſtarb zu Uri das Geſchlecht nicht aus,
Das ſieghaft wider Oeſtreichs Vögte ſtand.
Und einem Vogte opferte es Urſern?!
O widerſinn'ger Glaube! — Brüder ſind wir,
Von Gott gewieſen in daſſelbe Land!
Dieſelben Berge ſtarren auf uns nieder,
Denſelben Firnhauch atmen ſie und wir,
Derſelbe Strom, das Urbild ew'ger Freiheit,
Beut ihnen ſeinen Donnergruß und uns.
Und durch das Steinthor, das uns einzig ſcheidet,
Soll Freundeshand zu Freundeshand ſich finden!

Abel (auffpringend).

Laßt mich der Eure fein! Mühfam verhielt ich
Den Jubelfchrei und fpielte den Bedächt'gen,
Ich, der bedachtfam nie fonft, wenn es gilt.
Ein Etwas trieb mich, ganz Euch zu erforfchen,
Und Euch erkennend beug ich mich vor Euch
Wie fich der Werkler beugt dem klugen Herrn.
Die Steine will ich tragen zu dem Bau,
Den Ihr erfonnen, hier mit diefen Armen,
Mit diefes Leibes ungebroch'ner Kraft!
Und hundert Knechte will ich für Euch werben,
Zweihundert Hände, emfig, treu zum Werk!
Befehlt! Gebt Rat! Den Wegt weift zum Gelingen!
Das Planen Euer! Unfer das Vollbringen!

(Man hört in der Ferne verworrene Rufe, die der Sturm faft erfticht Mählig
kommen fie näher. Abel und Sabine ftehen Hand in Hand)

Sabine.

Und wenn der Freiheit Tag in Frührotflammen
Strahlt von den Zinnen, Firnluft die Gebete,
Den Stammeldank der Urfner trägt zu Thal,
Dann fei das Sonnenlicht Brautfackel dir
Und Irmingard, und Hochzeitsfegen das
Geflet' des Volks!

Abel.

Habt Dank! Ich will des Lohns
Mich würdig weifen! Und mein höchfter Stolz
Sei, Mutter Euch zu nennen!

Sabine (ihn unterbrechend).

Horch, was war das?

Abel
(lauschend, während die Rufe sich rasch nähern).

Im Sturm Verirrte, scheint mir, die sich rufen,
Den Weg sich weisend, den sie blindlings tappen.

Sabine (die Thür aufreißend).

Sie nähern sich. — Ganz nah der erste Rufer!
Schrei pflanzt an Schrei sich fort zum Teufelsthal.

Abel.

Es sind nicht Urseuer!

Sabine (hart).

Der Wolleb ist's!
Die Gotthardtruben segnen ihm die Einfahrt!

Abel.

Lehr' ihn der Sturm, daß hier kein Höfeln Sitte!

Sabine.

Als wüßt' er's nicht! Hätt' er den Ursner dort
Am Hofe Oestreichs gänzlich abgestreift,
Die Nachtfahrt hätt' er nimmermehr gewagt!

Stimme des Jost Wolleb (von außen).

Ein Licht! Hieher! Heißt sie die Mähren treiben!
Ein Schutzdach hier!

Abel.

Ich geh'! Von denen braucht
Auf Eurer Schwelle keiner mich zu seh'n.
Lebt wohl!

Sabine
(ihm die Hand reichend, bedeutsam).

Nütz deine Zeit! Sei klug und eifrig!

(Abel ab. Irmingard tritt von rechts auf)

Irmingard (ängstlich).

Was soll der Lärm? Wie Hilferufen scholl's!

Sabine.

Die helfen selber sich!

Jost Wolleb (tritt ein).

Grüß Gott! Nein, grüß' Euch
Der Böse, der zu Haus hier scheint! Das nenn' ich
Ein fürnehm' Reisewetter! — He, wer seid Ihr?

Sabine.

Ein Bettelweib nur, wie am Nest Ihr seht.
Was nützte Euch der Name, Junker Jost!

Jost (mit plötzlicher Zurückhaltung).

Du kennst mich, Weib?

Sabine.

Ich sah Euch nie zuvor!

(Jost hat sich auf einen Stuhl geworfen. Ein Knecht tritt auf.)

Jost (zum Knecht).

Wie steht's?

Knecht.

Sie kommen! Glücklich sind dem Rachen
Der Hölle just die letzten noch entstiegen.

(aufatmend)

Das lief noch glücklich ab!

Joft (fich reckend).

Nun er vorbei,
Freut mich der Strauß.   Das war doch Leibesarbeit!
Schaff' oder ftirb!   So dies hier oben gilt,
Will ich die Stunde fegnen, die mich hertrug.
Dem Urfuer will Bequemlichkeit nicht taugen,
Seit ich den Weg ging, fühl' ich Urfner mich
Und, beim Allmächt'gen, denk' es auch zu bleiben!

Sabine

(höhnisch, aber hörbar bei Seite).

Dergleichen häutet sich, so oft es Not thut!

Joft (fie forschend ansehend)

Weib, du gefällst mir; deine Rede ist
Wie Bergquell froftig und erfrischend! — Doch
(drohend)
Weißt du, daß Hohn die Zunge koften kann?

Sabine.

's wär' kaum der Müh' mehr wert, fie auszuschneiden,
Wo schon der Tod dem Leib fein Messer schärft!

(Vor der Hütte wird es lebendig. Es treten auf: Heinrich von Hospenthal, Benedikta, Diener. Knechte. Joft ift aufgeftanden und führt die erschöpfte Benedikta
zum Tisch. Diener bringen Decken und Kissen. Andere tragen Zehrung, Wein
und Speisen herbei. Die Knechte haben fich um den Herd gruppiert. Zwischen
ihnen geht Irmingard geschäftig hin und wieder.)

Hospenthal (im Eintreten zu Benedikta).

Hier ruht Euch aus!   Ein rauhes Ruhgemach;
Doch packten rauher juft des Sturmes Tatzen.
(lachend)
Unhöflich sprang er mit Euch um! — Ihr faltet
Die schöne Stirn?   Laßt's Euch nicht grämen! Traut,
Daß beffer es, das Schlimme vor dem Guten

Zu seh'n, denn umgekehrt. Die neue Heimat
Wägt Euch die Unbill Eures Einzugs auf.
Mein Wort darauf! — (Sich umsehend.)
Wer eignet diese Hütte?

Sabine (zu Hospenthal).

Ich schälte reich mich, sagt' ich, daß sie mein.
Was Euch zur Stund, ist sie mir Tag für Tag:
Ein Unterschlupf.

Hospenthal
(erstaunt sich an die Stirn greifend, für sich).
Dies Weib!
(Laut zu Sabine)
Wo sah ich dich
Zuvor? — Du lebtest ehemals nicht hier?

Sabine.

Verschwendet nicht Gedanken, Herr! Bedenkt,
Hätt' Euern Weg ich je gekreuzt, es wäre
Der Müh' nicht wert, zu sinnen, wo das war.
Was mag's Euch kümmern, wo Ihr Fecker traft!
(Sie geht an ihm vorüber und nähert sich Benedikta und beginnt in halb demütiger Stellung mit ihr ein Gespräch Hospenthal tritt zu ihnen. Während dessen hat Jost Irmingard erblickt, nähert sich der Rückseite des Raumes und zieht seinen Knecht bei Seite.)

Jost.
Wer ist die Dirne dort? Wo kam sie her?

Knecht (lichernd).

Von außen kaum. Sie fiel vom Himmel, Junker!

Jost.

Schweig', Narr! (für sich) Und doch — so Unrecht
hat er nicht!
Wär' ich der Herrgott, schüf' ich solche Engel.
(Er nähert sich Irmingard und spricht mit ihr)

Sabine (zu Benedikta).

Gastgeb'rin heißt Ihr mich? Was geb' ich Euch?
Ihr selber brachtet Trank und Speise mit,
Und dieses Obdach ist wie mein's das Eure.
(Sich jäh unterbrechend.)
Doch halt! — Eins weiß ich Euch, — biet' es Euch an!
Nehmt es als Zeitvertreib, gilt's Euch nicht ernst,
Verschmäht es ganz, so es Euch kindisch däucht!
(Ergreift Benediktas Hand und spielt damit, bis diese sie ihr unwillig entzieht.)
Die Hand hier, zart und schmal und klein, sie birgt
Ein groß' Geheimnis, laßt mich's Euch enträtseln!

Benedikta.

Ich löse meiner Zukunft Rätsel selber!

Sabine.

Ein stolzes Wort! Doch eben nur ein Wort!

Hospenthal (zu Benedikta).

Thut ihr den Willen! Diese Art ist zäh!

Sabine.

Nein doch, ich dränge mich nicht auf! So Ihr
Es besser wißt, nennt mich unwissend!
(Entfernt sich)

Benedikta (mit plötzlichem Entschluß.
                              Nein!
Hier meine Hand! Nun lies! Ich will's, befehl's!

Sabine
(die zurückgekommen, prüft Benediktas Hand, neigt sich tief darüber, läßt sich
nieder, langsam, eintönig).

Glatt floß und zahm als wie ein Bächlein Milch
Des Lebens Strom Euch hin. Schläfriges Wasser,
Wie's edlen Frauen ziemt, die Sturm nicht lieben.
(Stockt, dann lebhafter.)

Doch halt! Es kam ein Fels im Bett des Stromes,
Darüber schoß es ungestümen Falls:
Ein Sturzbach, der gar jäh zur Tiefe fuhr.

(Benedikta zuckt empor.)

Sabine (leise, zwingend).

Schickt Eure Knechte weg, ich lese Großes!

Hospenthal

(der sich lauschend über sie geneigt hatte).

Geduld, du sollst uns sagen, was du weißt!

(Geht nach dem Hintergrund, spricht mit einigen Knechten und mit Jost. Dieser
und zwei Knechte ab.)

Hospenthal (zurückkommend, zu Sabine).

Es steht ein Gaden nah' der Hütte. Beut
Er Raum und Schutz für meine Leute?

Sabine.

Ja!

Hospenthal (zu Benedikta).

Und wäret Ihr's zufrieden, daß wir hier
Des Morgens warten, der so fern nicht mehr?

Benedikta.

Vermeint Ihr mich nach neuer Nachtfahrt lüstern?

Hospenthal (laut zu den Knechten).

So sei's! Wir nächten hier! Ihr findet Obdach
Im nahen Gaden. — Laßt uns hier allein,
Bis ich euch rufe! (Knechte und Diener ab.)

(Zu Sabine.)

Nun denn, deine Kunde!
Weib, du verstehst es, wichtig dich zu machen.

Sabine.

Urteilt nachher, ob es Euch hätt' beliebt,
Daß and're noch denn Eure Ohren hörten,
Was ich erriet.

Benedikta (ihr die Hand entreißend).

Wohlan, so sprich! Ich bin
Das Tasten deiner Totenfinger müd.

Sabine (im vorigen Ton, seltsam).

Genug, ich weiß genug! — Haha, ein tiefer Fall!
Beinahe hätt' es Euch hinweggespült.
Noch tost der Strom, sucht Weg durch Sand, Gestein,
Schäumt plötzlich auf, schwillt an und steigt und steigt
Und trägt Euch höher, denn Ihr je erträumt!

Hospenthal (spöttisch).

Aus dem Gefasel werd' ein Andrer klug!

Benedikta
(das Kinn in die Hand gestützt, betrachtet Sabine halb mißtraulich, halb drohend).

Weib, woher nahmst du deine Wissenschaft?
Du bist nicht, was du scheinst!

Sabine.

Was schein' ich Euch?
Nicht mehr geachtet denn der ärmste Hund,
Doch mehr gemieden. Ich begehre nicht,
Erhöht zu sein. Ein ausgestoß'nes Weib —
Glaubt mich nichts Bess'res, denn ich bin es nicht!

Benedikta (forschend).

Wer lehrte deine Kunst dich?

Sabine.

Meine Mutter.

Die Hexe glomm als Fackel auf zum Himmel.
Wohnt' ich im Thal, auch ich fänd' meinen Holzstoß!

(Anzüglich.)

Vielleicht, derweil ich rede, bau' ich dran.

Benedikta.

Du bist gesichert! — Deute deinen Spruch!

Sabine

(ist hinweggetreten, richtet sich auf, dann plötzlich zurückhaltend).

Begehrt Ihr es? — Ihr kennt die Deutung selbst,
Ich lese es in Euren Zügen, wie
Erraten Ihr, was Ihr zu hören heisch't.

Benedikta (befehlend).

Deute den Spruch!

Sabine.

„Und sprich dein eigen' Urteil!"
Heißt der Befehl. Das Herrenvolk verträgt
Die freie Rede nicht. Ich kaufe Schläge
Um Worte mir!

Hospenthal.

Noch eben warst du kühn!
Mach's kurz! Sprich frei! Und es gescheh' dir nichts!

Sabine (laut, kühn).

Wohlan! Euch beiden gilt der Spruch! Verknüpft
Mit seines Weibes Los ist das des Manns! —
Die Wolken mißte Eures Tages Morgen!
Am Hofe Oestreichs standet Ihr in Sonne,
Bis sie Euch sank — urplötzlich — — Herzog Otto

(sehr laut)

Hat Euch verjagt!

Hospenthal.

Was wagst du, Weib!

Benedikta.

Vermess'ne!

Sabine.

Ihr leugnet noch! Was Otto Gnade hieß,
Ist Strafe, schlimmer denn ein Bannfluch Euch.
Ihr stürztet von des Ruhmes Stufenleiter,
Auf der Euch Ehrgeiz trieb von Sproß' zu Sprosse,
Und Herzog Ottos Hand war's, die Euch stieß. —
Der Sturz war jäh! Ihr taumelt halb betäubt
Der letzten Zuflucht zu, die Euch verblieb,
Darin Ihr Herr noch seid — von Oestreichs Gnaden.

Hospenthal (heftig).

Hör' auf!

Sabine.

Noch nicht! — Das klang nicht wohl aus Ohr:
Von Oestreichs Gnaden! — Ha, ein Heini Wolleb
Erträgt nicht lange solchen Uebelklang!
Wenn Oestreich geizt, nur einen Winkel giebt,
Statt weiten freien Lands, heischt Wolleb doch
Den Winkel ganz zu eigen. (Auf Wolleb zutretend.)

Deinesgleichen
Teilt nicht mit andern, taugt nicht zum Verweser,
Kann Herr nur sein und Herrscher, und — er wird's!

Hospenthal.

Weib, du verwirrst mich!

Benedikta
(ruhig und kalt, aber voll heimlicher Spannung).

Und der Weg zur Herrschaft?

5

Sabine (schlau).

Wüßt' er ihn nicht? — Weshalb war er zu Uri,
Dem Nachbar schmeichelnd, eh' ins Heim er tritt?
(Mit erhobener Stimme zu Hospenthal.)

Doch hör' es noch einmal, ob du's schon weißt:
Dein Ehrgeiz stirbt nicht, Heinrich Hospenthal.
Losreißen wirst von Oestreich du dies Ursern;
Du schlägst den Sax, weil du nicht teilen willst.
Heinrich von Hospenthal, das Glück, das dich
Am Hof verließ, hier hält es treu dir Stand.
Beut Herrenwürde dir, beut dir ein Land!

(Während der letzten, in prophetischem Tone gesprochenen Worte hat Walleb, wie
von einer Erscheinung heimgesucht, die Fäuste geballt, vor sich hingestarrt. Benedikta sitzt vorgeneigten Leibes, immer mit demselben durchdringenden Blick die
Sabine messend. Diese verläßt nach beendeter Rede den Raum durch die Nebenthür.)

Der Vorhang fällt.

Dritter Akt.

Freier Platz zwischen Hütte und Gaden der Sabine. Zerstreute Felsstücke, spärlicher Rasen. Im Hintergrunde aufsteigende Felswände. Rechts unten die Hütte. Links eine Schrunde, durch die sich ein schmaler Fußsteig hinanzieht. Auf demselben kommt hastig Irmingard herniedergestiegen, von Jost Wolleb verfolgt, der im Jagdgewand ist. Irmingard bleibt hochaufatmend, an die Gadenmauer gelehnt, stehen. Sie wendet sich in heftiger Erregung nach Jost um.

Irmingard.

Bis hieher! Steht! Den Grund doch laßt mir noch,
Darauf ich frei sein mag, Euch nicht zu sehen!
Gebt einen Weg mir, den nicht Eurer kreuzt!
Hier, feiler Jäger, grenzt das Jagdgebiet!
Ha! Lachen möcht' ich, engte nicht der Zorn
Die Kehle mir! Wozu dies Prunkgewaffen?
Nur Mummenschanz ist's, eine Jagd zu hehlen,
Die nimmer würdig eines Edelmanns.
Wär' ich ein Mann, ich bräche Euren Speer,
Den Ihr entweihtet auf ehrloser Pirsch
Nach unbeschützten Dirnen.

Jost.

Still! Du wütest.
Wärst du ein Mann, du stürbest um die Rede;
Den Wolleb schalt noch keiner ungestraft.

(Leiser.)

Du bist ein Weib — bist jung und schön —
und stolz —
Und bist mir lieb — darum verzeih' ich dir!

Irmingard.

Schweigt, ich gebiete es! Ich hasse Euch,
Weil Ihr, der Herr, die Knechtin Euer wähnt.
Laßt daran es genug sein! Lehrt mich nicht
Euch mehr verachten! Heuchelt Liebe nicht!
Der Vogtssohn und des Bettelweibes Kind!
Faßt Ihr den Hohn nicht? — Jagt nicht der Gedanke
Das Blut Euch zu Gesicht: der Wolleb wirbt
Um eine Magd!

(Sie will ihn verlassen. Er faßt sie bei der Hand und zwingt sie zu verweilen.)

Jost.

Du bleibst! Dies eine Mal nur
Sollst du mich hören! — Dirne, lange lag's
In deiner Hand, von dem Verfolger ganz
Dich zu befreien, von dem wohlgehaßten.
Denkst du nicht milder, wann du mich gehört,
Magst fürder deines Wegs getrost du wandeln,
Dann führt mich meiner weit aus deiner Näh'.

Irmingard (trotzig).

Ihr zwingt mich! — Hätt' ich eine Waffe, seht:

(Hebt die Rechte.)

Die Hand ist frei und wüßte, wohin stechen!

Jost.

Sie träfe weher nicht als deine Rede!

(Hart und barsch.)

Doch still! Und hör' mich! Herr denn will ich sein,
Und heiß' dich schweigen, Magd, und heiß' dich hören!
Gefangen bist du, sollst nicht frei sein, eh'
Was ich zu sagen meint', zu End' geredet.

Irmingard.

So sprecht, ich höre!

Jost.

Dirne, kennst du mich?

Irmingard.

Seltsame Frage! Wer sollt' Euch nicht kennen?

Jost.

Weißt du, wie man mich hieß an Oestreichs Hof?

Irmingard.

Was kümmert's mich! Und wie denn sollt' ich's
                                                wissen?

Jost.

Sie nannten mich den „groben Urs'ner" dort.

Irmingard.

„Grob" laß' ich gelten; doch den Urs'ner leugnet
Dies Prunkgewand, die höfische Manier.
Was aber soll's, daß mir Ihr dies erzählt?

Jost.

Geduld, und hör'! Sie nannten so mich, weil
Den Rücken nicht zu beugen ich verstand
Und nicht zu schmeicheln, weil ich Zorn und Tadel
Nicht hinter einem schalen Lächeln barg;
Weil meinen eig'nen Weg ich ging und nicht
Geleitschaft mir erbuhlte; nannten so mich,
Weil spielend nicht mein Degen Wangen ritzte,
Zum grausen Ernst nur aus der Scheide fuhr
Und nur das Wörtlein „Tod" zu zeichnen wußte!

Sie nannten so mich, weil nach diesem Land,
Dem Vaterland, dem fernen, nie geschauten,
Ich ein unstillbar Heimweh trug, weil ich
So Ruhm als Gold, so Weibergunst als Macht
An dieses Thales wilder Rauheit maß,
Und minder wert hielt Tand und Flitterwerk
Denn einen einz'gen Stein aus Heimatboden.
Die höchste Gunst, so je mir widerfuhr,
War -- weshalb leugnet ich's! -- des Herzogs Ungnad,
So meinen Vater bannte in sein Thal
Und mich mit ihm! --

           Ich kam, ich sah den See,
Der dreier freien Lande Strand bespült,
Und staunte an den Ufern stumm empor,
Die mauergleich aufstarren aus der Flut,
Schwarzgrau Gefels, dran weiße Welle schäumt.
Und als der Nauen uns gen Flüelen trug,
Fuhr jach der Föhn vom bleichen Rotstock nieder
Und wehrte das Gestade uns. Hei, da stand
Ich aufrecht an des schwanken Schiffes Kiel
Und trotzte froh des Sturmes tollem Grimm!

    Dumpf grollte rings der See, der Nauen ächzte,
Und um mich sauste, schrillte, pfiff der Föhn.
Ich aber jauchzte in das Wettertosen
Und liebte doppelt den verwehrten Strand. --
    Du weißt, wie uns der Schneesturm überfiel
Im Schellinengeklüft. Da wuchs das Land,
Das mir Mißhandlung nur zum Gruße bot,
Mir an als wie ein Freund, mir, der anher
Nur Schmeichler, -- schroffe Freunde nie gekannt.

Irmingard.

Was soll dies Alles mir? Ihr dünkt Euch wichtig,
Daß Ihr von nichts als Euch zu reden wißt!

Joſt.

Bei Gott, nicht mich zu rühmen ſteh' ich hier,
Nicht Eitelkeit macht mich beredt, ein Wunſch nur:
Du ſollſt es hören, daß ich nicht wie and're,
Daß ich im Herzen nicht der große Herr,
Den dies Gewand verrät. Ich kam als Urſ'ner
Gen Urſern, heiſche nimmer mehr zu ſein.
Ein Bauer will ich hauſen unter Bauern,
Mein Brot bezahlen mit des Leibes Schweiß.
Ein Laſter iſt Unthätigkeit, ein Laſter
Der Reichtum, der in ew'ger Sonne fault.
Das lernt' ich hier. Hier ſchafft, wer leben will,
Und ſolch' ein Schaffer, Dirne, will ich werden!

Irmingard.

Wie klänge edel das und ſtolz und gut,
So es aus einem andern Munde käme!
Nun Euerer es ſpricht, klingt es wie Hohn.

Joſt.

Du biſt's, die höhnt! Was that ich dir, daß du
Schlecht von mir denkſt?

Irmingard.

Des ſtrengen Thalvogts Sohn
Hat keinen Willen, keinen eig'nen Weg.
Und wär' der Narr er, der er ſagt zu ſein,
Und wollt' an Armut ſeine Habe tauſchen,
Wird ihn ſein Herr und Vater Klugheit lehren!

Joſt.

Mein Vater frug nach mir nie viel, und ich
Hab' mich um meinen Vater nicht gekümmert.

Mein Weg ging seitwärts, aufwärts führt der seine,
Er sucht die Sonne, ich den kühlen Schatten.
Meid' ich sein Schloß, mißt er mich nicht mehr, als
Wär' einer seiner Hunde ihm entlaufen!

Irmingard.
Wie bitter und wie lieblos!

Jost (leidenschaftlich).
Lieblos, ja!
Weißt du denn, ob ich immer lieblos war,
Ob ich's nicht bin, weil ich an Liebe darbe?!

(Sich näher beugend, leiser.)

An jenem Hof hieß Liebe Tändelei
Und mitzutändeln hielt ich mich zu gut.
Hier gilt kein Spiel, hier wohnt der bitt're Ernst!
Die hier gedeiht, die Liebe, ist wie Wahrheit,
Stark, rein und groß, — ich lernte wohl sie kennen!

(Hastiger, dringender, herzlich.)

Laß mich nicht mehr sein als der Gadenknecht,
Dem einen hellen Morgengruß du gönnst,
Wann er sein Vieh zur Alpe treibt. Laß mich
Des Volkes einer sein, laß so mich reden,
Ganz deinesgleichen, arm, doch treu und brav,
Und laß mich sagen: Eine Hütte eign' ich,
Ein trautes Heim, Raum hat es für uns beide!
Verstoß' mich nicht! Kraft wohnt in diesen Armen
Und was sie schaffen, sei für dich, sei dein!
Und laß mich fragen: Willst du meine Hütte
Teilen mit mir?

Irmingard.
Wär' blind ich, wüßt' ich nimmer,
Wer vor mir steht, wie gerne möcht' ich glauben!

(Fährt plötzlich auf und reißt sich gewaltsam los.)

Doch nein, Ihr sollt mich nicht bethören, Herr!
Ha, ich durchschaue Euch, ich kenn' Euch ganz!
Die Falschheit schleicht im Kleid der Ehrbarkeit,
Die Lüge trägt der Wahrheit Heil'genschein,
Und Gaukler seid Ihr, die Ihr an den Höfen
Figuren war't im Schachbrett Eures Fürsten!

Jost (mühsam an sich haltend).

Verscherze nicht in einem Augenblick
Was wert ist, eines Lebens Raum zu füllen!
So üppig blüht die Treu' nicht in der Welt,
Daß sorglos man, wo man sie trifft, zertrete. —
    Was zweifelst du an mir? Bist du so klug,
So welterfahren, daß du in mir liesest?
Kennst du mein Inn'res besser denn als ich?
Wohlan, du Kluge, meine Stimme zittert
Zum ersten Mal in Furcht, — in Furcht, daß ich
Dich ganz verlieren möchte. Nenne das
Nun wieder Lüge, so den Mut du hast!

Irmingard.

Und es ist Lüge! Sehet selbst, wie bald
Ihr Euch getrösten werdet!

(Will entfliehn, Jost faßt sie im gleichen Augenblick und hält sie an sich.)

Jost (in furchtbarer Erregung).

                    Dirne, Dirne!
Du sollst nicht weg von mir! Sollst so nicht geh'n!
Dies ist kein Spiel! — Mehr —, alles gilt es mir!

Irmingard (ringt mit ihm).

Ich bleibe nicht!

Jost.

So zwing' ich dich!

(Reißt sie zu seinen Füßen nieder.)

Irmingard.

Ihr Heuchler!

Jetzt zeigt Ihr Euer wahr' Gesicht! — Ich rufe
Um Hilfe!

Jost.

Schweig'! Noch eines laß mich sagen!

Irmingard.

Kein Wort mehr! Gebt mich frei!

(Gellender Aufschrei.)

Zu Hilfe, Aehne!

Jost.

So lern' in mir das Böse kennen, da
Was gut in mir, du leugnest! Ehrlich warb ich
Und meint' es mit der Wahrheit ernster nie.
Du schiltst mich Lügner, Spott ist deine Antwort!
So wisse denn: an deine Fersen heft' ich
Inskünftig mich, des Thalvogts Sohn der Magd,

(Mit steigender Glut)

Und wo mich's wohl dünkt, lehr' ich dich Gehorsam,
Und zwing' dich, wo mich's wohl dünkt, mir zu Dienst,
Als wie ich jetzt von deinen Lippen mir
Den ersten Kuß erzwingen will!

(Sie ringen miteinander. Jost reißt sie langsam empor und beugt sich über sie.
In diesem Augenblick tritt Sabine beilbewaffnet auf. Sie hebt mit beiden Händen
die Waffe.)

Sabine (laut und hallend).

Wagt diesen Kuß und küßt zum letzten Mal!

(Jost taumelt empor. Eine heiße Röte steigt ihm ins Gesicht; er wendet sich ge-
senkten Hauptes seitwärts. Die Sabine betrachtet ihn und wendet sich zu
Irmingard.)

Sabine.

Du geh' hinab zur Hütte! Mir verbleibt
Ein Wort mit diesem noch, eh'denn wir scheiden.

(Irmingard ab. Sabine sieht ihr nach, bis sie verschwunden ist; dann spricht sie
mit gewichtigem Ernst.)

Sabine.

Des Wollebs Sohn hieß einst ein Ehrenmann!
Wär' das so lang, daß er indes vergaß,
Was er dem eig'nen Rufe schuldet?

Jost.

Ja!

Sabine.

Von andern Lippen schreckte mich dies Wort;
Leichtfert'ge Rede ist nicht Eure Art.
Wie bitt're Reue klang es in dem „Ja!" —
Es war nicht oft noch, daß Ihr Euch vergaßt!

Jost (kalt).

Das erste Mal und wird das letzte sein!

Sabine (nach kurzem Zögern, fast weich).

Ihr liebt mein Enkelkind?

Jost.

Was soll ich's leugnen?

Sabine.

Fürnehme Freier klopfen nicht an Hütten.
Wenn Euer Herz verirrt, weist ihm den Weg
Und werbet dort, wo Ihr auch freien dürft!

Jost.

Bin ich nicht mündig längst, und wär' ich ehrlos?
Da wo ich warb, wollt' ich auch Freier sein!

Sabine.

D e r Freiteweg wär' mühsam.   Einen weiß ich,
Der schöbe Berge Euch auf solchen Pfad.

Jost.

Noch hat kein Berg mich je zurückgeschreckt!
Wie ich die Riesen zwinge des Gebirgs,
Hätt' ich die steilsten Schranken überwunden,
Die Neid mir auf den Weg zum Glück gestellt! —
Jedoch wozu das müßige Gerede?
Ein Hemmnis fand ich, das bezwingbar nicht:
Die Dirne wies mich fort — wohlan, ich geh'!

(Er will ab.)

Sabine.

Verharrt, Herr Jost! — Ihr rühmt Euch Eurer
Kühnheit
Und zagt am Sieg um eines Weibes Herz,
Eh'denn Ihr nur den ersten Kampf versuchtet.

Jost.

Ich stritt — und bin geschlagen!

Sabine.

Was sind Worte!
Das Weib will Thaten sehen, eh' es glaubt.

Jost.

Schür' meine Hoffnung nicht, so du darnach
Die kaum erwachte Glut auf's Neu' zertrittst!

Sabine (seines Einwurfs nicht acht).

Ich kenne meine Enkelin, ich bürge,
Daß dort sie lieben wird, wo ich vertraue.
Schafft, daß ich Euch vertrauen lerne, Wolleb!

Jost.

Was forderst du?

Sabine.

　　　　Zeigt, daß Ihr einen Willen
Eu'r eigen nennt, der fremdem sich nicht beugt!

Jost.

Was soll der Wille für dich wollen, Weib?

Sabine.

Zwei freie Männer warf der Vogt in Ketten,
Adel, den Holzer, und den stillen Lorez!

Jost.

Und ihre Schuld?

Sabine.

　　　　Wie, wär's Euch unbekannt?
So sehr seitab geht Ihr vom Taggewühl,
Daß Ihr nicht wüßtet, wem zu Lieb' sie schmachten?

Jost.

Mir ward kein Amt hier; darum pfleg' ich keines
Und meide Dinge, so nicht meines Amts!

Sabine (erhobenen Tons).

So wißt: Es schützten Irmingard mir jene,
Da am Martinitag der Pater Zehntner
Nach Dissentis sie mir entführen wollte!

Jost.

Wie? Irmingard?

Sabine (ihn scharf beobachtend).

Just sie! Ha, regt das Blut sich
Auch Euch ob jenes Pfaffen Willkür? Glaubt mir,
Ihr kennt den Sax nicht, kennt nicht seine Helfer!
Was kümmert sie der Vogt zu Hospenthal?
Sie sind die Herren hier in Ursern, sie
Befehlen! Heini Wolleb aber folgt,
Ist so gehorsam, daß zum Kerkermeister
Des frommen Abts er eben sich erniedrigt.

(Pause.)

Jost (wie abwesend).

Was forderst du?

Sabine.

Den beiden Männern schafft
Die Freiheit wieder!

Jost.

Wenig gilt mein Wort
Bei meinem Vater; doch was es vermag,
Es sei zu jener Beiden Nutz gethan!

Sabine.

Für das Versprechen nehmet meinen Dank!
Auch Irmingard wird es zu werten wissen.

(Zögernd und voll Berechnung.)

Wüßte ich ehrlich Euch, klug und verschwiegen,
Ich zeigte Euch, wie man mein Mädchen wirbt!

Jost.

Du sprichst, als lenktest du der Dirne Herz.

Sabine.

Eins sind wir beide, ich und Irmingard,
Geh'n gleiche Pfade so in Haß wie Liebe,
Und den wir lieben sollen, wohl, der teile
Mit uns den Haß, der einem andern gilt!

Jost.

Erklär' dich deutlicher!

Sabine.

     Wer denn verbürgt mir,
Daß ich nicht irre, wo zu sehr ich traue?

Jost.

Mein Eid, so du es willst!

Sabine.

       Erspart ihn Euch!
Das was ich ford're, fordert Eure Wohlfahrt
So gut wie meine. Nein! Ihr pflückt die Früchte;
Ich will nur eins seh'n: Den beraubten Baum!
So red' ich denn, und — denkt an Irmingard!

Jost.

Wer solchen Preis setzt, muß viel fordern müssen!

Sabine.

Es duldet Euer Vater — nie begriff ich's —
In seiner Herrschaft einen Mitregenten,
Und unter zweier Herren schweren Fäusten
Krümmt widerwillig sich das arme Volk.
Die beiden haßt es, einen würd' es lieben!
Warum soll Wolleb nicht der eine sein,
So er den Mut hat, seines Machtgenossen
Sich zu entled'gen?

Jost.

Haſſeſt du den Abt?

Sabine.

Ich haſſe ihn, wie ich die Willkür haſſe,
Wie Ungerechtigkeit ich nie ertrug.
Das nenn' als Preis ich Euch, mein Junker Joſt:
Treibt Euern Vater wider dieſen Pfaffen,
Daß er ihn aus dem Grund, der ſein nicht, banne,
Und an dem Tag, der Diſſentis' Gewalt
In Urſern bricht, ſei Irmingard die Eure!

Joſt
(ſie mit durchdringenden Blicken meſſend).

Ohnmächtig iſt der Vogt gen Diſſentis,
So nicht die Thalſchaft einig zu ihm ſteht.

Sabine.

Zu dieſem Kampf ſteht auf das ganze Volk!

Joſt.

Und wer verbürgt, daß es nicht ganz ſich freit?

Sabine
(iſt zuſammengefahren, faßt ſich aber raſch).

Die Kinderunſchuld, die dies Volk erfüllt!
Wie eine Herde folgt es ſeinem Hirten,
Die ſtehen bleibt, wo dieſer hemmt den Fuß.

Joſt (tief in Gedanken).

Laß mich's beſinnen! — Kühne Pläne ſpinnſt du,
Wie ſonſt ſie nicht in Weiberköpfen reifen.
Wiß', daß du ein gefährlich' Handwerk wählteſt,
Und achte, daß im Werkzeug du dich nicht
Vergreifſt!

Sabine.

Verzeiht! Ihr glaubt mich klüger, denn
Ich eben bin. Mein Plan ist kindereinfach.
Der Abt schlug mich — ich will den Schlag zurück
Ihm geben, suchte einen schweren Hammer
Und fand den Vogt. — Nun schaffet, daß er schlägt!

Jost (seltsam).

Gut, gut! Ich glaube dir. — Doch, laß mich geh'n!
Was ich auch wähle, du sollst von mir hören.
Und deinen Preis — vielleicht verdien' ich ihn.

(Rasch ab.)

Sabine

(hat ihn mit einem stummen Handgruß begleitet. Sie neigt sich vor und sieht
ihm nach. Gedankenvoll).

Sorg', daß du dich im Werkzeug nicht vergreifst! —
Was meinte er? Wär' diesem Sonderling
Vergönnt, in And'rer Innerstes zu schauen?
Nein, nein! — Sein Wort war Zufall. Zage nicht,
Sabine! — Schon im Rollen ist der Stein,
Und keine Hand hält ihn im Thalwärtseilen. —
Die Lockung wirkt: er wird sein Bestes thun;
Und eines Antriebs nur bedarf der Vogt.
Die Fäden spannen sich, das Netz wird eng,
Und fest halt' ich das Bindeseil in Händen!

(Geht langsam ab)

Der Vorhang fällt.

Verwandlung.

Ein Zimmer im Schloß zu Hospenthal. Vornehm ausgestatteter, von hohen Fenstern erhellter Raum. Flügelthüren zur Rechten, Linken und im Hintergrunde. Hospenthal und Benedikta treten auf.

Benedikta

(hoch und stattlich, in wallendem Gewande).

Hier sind wir sich'rer vor der ekeln Sippe
Der Horcher, die zu heimisch hier im Haus.

Hospenthal.

Fürsichtig seid Ihr und geheimnisvoll
Zugleich! Ich brenne, zu erfahren, was
Euch antreibt, mich in Euer Reich zu laden.

Benedikta *(die Thüren sichernd).*

Wär' das so seltsam zwischen Mann und Weib?

(Hospenthal lächelt höhnisch.)

Benedikta.

Ihr lacht! — Nun ja, die Feierfrist der Liebe
Ist freilich um, es ist längst Werkelzeit.
Ich lud auch heut' Euch nicht zum Feiern, Freund.

Hospenthal.

Zum Schaffen also!

(Sich spottend verneigend.)

Was befehlt Ihr, Herrin?

Benedikta.

Nicht diesen Ton!

(Mit plötzlicher Strenge.)

Wolleb, was ließet Ihr
Die beiden Bauern jüngst in Ketten schlagen?

Hospenthal (gedehnt)

Ach so! — Nun laßt! Das ist zu lang schon her,
Um von der Kleinigkeit noch heut' zu reden.

Benedikta (fest)

Heut' erst erfuhr ich von der Kleinigkeit,
Sonst hätte früher ich Euch kund gethan,
Wie groß und wichtig sie mich will bedünken. —
Was Ihr den Bauern thatet, es geschah,
Weil es der Dissentiser so befahl!

Hospenthal.

Befahl? Doch kaum das rechte Wort, Frau Liebste.
Die beiden hatten gröblich sich vergangen,
Und auf des Abtes Wunsch maß ich die Strafe
Wie sich's gebührte, ihnen zu.

Benedikta.

Mir scheint,
Des Abtes Wünsche haben allzuviel
Gewicht bei Euch, mein folgsamer Gemahl.

(Losbrechend.)

Schläfst du, Wolleb? Vergaßest du so ganz,
Wie es in dir von altem Ehrgeiz flammte,
Da jenes Weib zum Einzug dir ein Land,
Ein kleines, doch ein eignes Land verhieß?

Hospenthal.

Laßt das! Der Plan war Narrheit, war ein
                                    Trugbild,
Das mich und Euch geäfft.

Benedikta.

                    Und war's ein Trug,
In Eurer Hand liegt es, ihn wahr zu machen!
Nahm jener Otto Euch mit Amt und Würden
Den kühnen Mut? Bog Euren Nacken er
So tief, daß Euer Haupt sich nicht mehr hebt?
Ich bin ein Weib nur; muß ich Euch erst sagen,
Was Pflicht mir wäre, wäre ich ein Mann?
Zogt Ihr nach Ursern, daß Ihr Euern Leib
Am Ofen wärmtet? Soll die waffenkund'ge,
Streitfrohe Faust Euch weich und weibisch werden?
Geht! Geht! Verdingt als Knecht Euch bei dem Sax,
Steckt mich in seiner frömmsten Nonnen Schar,
So wir so ganz ohnmächtig sind und alt!

Hospenthal (sinnend).

Es ist mein Traum gewesen Nacht und Tag;
Ich übersann's, wie ich noch nichts besonnen.
Doch wie ich's wende, lern' ich, daß es viel
Zu wagen gilt, um wenig zu gewinnen.

Benedikta.

Ist Macht denn wenig? Heißt Ihr wenig: Freiheit?
Nicht fragen müssen mehr: Will's so der Herzog?
Gefällt es so dem Abt? — Nennt Ihr das wenig?
Was seid Ihr hier in Ursern denn? Ein Knecht,
Der da gering're Knechte hält in Zucht
Und manchmal rauh die Riemenpeitsche führt.
Doch zürnt Euch Habsburg, regnet's Schelte Euch,
Just wie dem ärmsten Knechte!

Hospenthal.

Wahr, bei Gott!

Benedikta (drängend).

Reißet dies Land an Euch, ein kleines Reich!
Doch oft, was klein begann, ward groß am Ende!
Und auszubauen, was Ihr klein erwarbt,
Bleibt Euch an rüst'gen Jahren noch genug.
Wacht auf, Wolleb! Hier tretet her zu mir.

(Sie treten ans Fenster.)

Steh'n wir nicht auf den Zinnen hier der Erde,
Von denen Ausblick ist auf eine Welt?
Wohl denn, zum Meister dieses Lugans werft
Euch mutig auf, und niedersteigen mögt Ihr
Darnach getrost, Euch Grund im Thal zu suchen!
Die Laue auch bricht nieder hier vom Berg
Und rollt hinab ins ebene Gelände,
Nimmer zu halten, werfend alle Wehren.
Wohlan, Wolleb, lernt wie die Laue sein!

Hospenthal.

Und wollte ich's; ließe ich, Weib, an deiner
Begeist'rung Flammen meinen Ehrgeiz sich
Auf's Neu entzünden — weißt du denn, ob nicht
Sich jener Habsburg seiner Macht besänne
Und dem Empörer sie zu kosten gäbe?

Benedikta.

O mein Gemahl, ich kenne Euch nicht mehr!
So zag sind Kinder, so bedachtsam Greise.
Ihr aber steht im Vollsaft Eurer Jahre,
Steht wie des Waldes Riesen, hoch und stolz —
Trügt mich mein Auge denn, wär' morsch der Stamm?

Hier bangt Euch vor dem Herzog, hier, im sichern
Bollwerk der Berge, zwischen Felsenmauern,
Dran keines Streiters Sturmbock jemals reicht!
Kennt Wälle Ihr, wißt Ihr von Vesten, die
Uneinnehmbar wie dieses Hochthal wären?
Hier oben will ich steh'n mit hundert Hirten
Und sieghaft streiten wider eine Welt! —
Ha, fragt doch Oestreich, was es sich geholt,
Da's auszog, die drei Länder zu bestrafen!
Es geizt nach solchem Lorbeer nicht mehr, glaubt's!

Hospenthal (erregt).

Weib, du verstehst zu schüren! Siedend wallt
Das Blut mir in den Adern.

Benedikta.

Laßt es wallen!
Schon allzu lange floß es dick und träg.
Faßt Euch denn nicht ein jäher Taumel an,
Ein Durst nach Thaten? Wer so lässig lag,
Der schnellt urplötzlich sich empor und wild
Alswie der Leu, der seine Kette brach.

Hospenthal (entschlossen).

Es sei, es sei! Und wär' es Euch zu lieb,
Ich will nicht hinter meinem Weibe steh'n!
Wohl war es Euer Ehrgeiz, der, zu hoch
Uns treibend, einmal schon uns bracht' zu Fall.
Doch gleichviel! Wagen ist ein halbes Leben,
Und wer verlernt zu wagen, naht dem Tod! —

(Aufstehend.)

Laßt einen Knecht mich rufen!

Benedikta.

Bleibt! Was soll er?

Hospenthal
(in tiefem, hastigem Sinnen).

Die beiden Bauern — hier — ich will sie sprechen!

Benedikta.

Sie sollen kommen!
(Tritt zur Thüre rechts hinaus, erscheint gleich darauf von einer ihrer Frauen
gefolgt, die auf einen Wink durch die Hinterthür abgeht.)

Benedikta (zu Wolleb)

So seid Ihr der Alte!
Hier meine Hand! Stolz macht Ihr Euer Weib!
(Jost Wolleb tritt hastig durch die Seitenthür links auf.)

Jost.

Verzeihung, so ich störe! Meine Sache
Duldet nicht Aufschub, und ich suchte hier
Im weiten Schlosse lang genug umsonst
Den, der sie hören soll.

Benedikta.

Seltsame Art,
In seiner Mutter Räume sich zu drängen.

Jost.

Ja seltsam, daß in seiner Mutter Räumen
Der Sohn ein Fremdling ist!

Wolleb.

Wahr' deine Zunge!
Wir sind nicht mehr am Hof, wo dir's gefiel,
Den biedern Grobian zu spielen.

Jost.

Herr,
Ich kam nicht her, mit Worten hier zu plänkeln.
Schaut nicht auf mich, so ich Euch lästig bin;
Seht, was ich bringe, nur genauer an!

Wolleb.

Heraus denn mit der Botschaft!

Jost.

Auf Befehl
Des Vogts von Ursern wurden freie Bauern
In Ketten jüngst gelegt.

Wolleb (spöttisch zu Benedikta).

Hilfstruppen, Vögtin,
Die nur um Weniges zu spät erscheinen.
(Zu Jost.)
Und was mißfällt an dem Befehle — dir?

Jost (mit erhobener Stimme).

Die beiden Bauern tragen keine Schuld!
Sie standen ein für schwacher Weiber Recht
Sie schützend wider eines Pfaffen Willkür.
So redlich wär' der strenge Vogt bedacht,
Er spräche Lohn statt Strafe über sie!
(Wolleb in heftigem Zorn will reden, Benedikta kommt ihm zuvor.)

Benedikta (zu Jost).

Es ward dein Urteil nicht verlangt, so schweige!

Jost (kühn und ungerührt).

Der Vogt von Ursern ist ein strenger Mann.
Da er die Männer im Verließ gesichert,

Ließ er in ihren Hütten forschen, ob
Verborg'ner Reichtum nicht sich allda fände.

(Voll Hohn.)

Weil Reichtum doch alltäglich hier im Thal!
Er fand nicht viel — viel dennoch für die Armen,
Die jeden Bissen Brotes dreifach werten.
Und was er fand, das ward ins Schloß verbracht!
Geld braucht der Vogt und nimmt es, wo er's findet.

Wolleb (fährt empor).

Wähnst so geduldig du mich, Bursch, dein Höhnen
Wie einst dein Kinderlallen hinzunehmen?
Erspar' uns deine Näh', so du nichts Bess'res
Zu reden weißt!

Jost (wie oben).

Dem Vogt von Ursern war
An seiner Beute nicht genug! Man brachte
Am selben Tag ein Dirnlein in dies Schloß,
Des Veri Lorez, des Gefang'nen Kind,
Mehr Kind als Jungfrau noch, doch wohlgestalt,
Und wohlgestalte Weiber liebt der Vogt —
So geht im Volk die Kunde!

Wolleb.

Bube, schweig'!

Benedikta (in wildem Zorn zu Jost).

Weißt du nicht mehr, von wem, vor wem du sprichst?!
Vorlautes Kind verdient die Rute hart,
Vorlauter Mann kann nur Verachtung ernten!

Wolleb (mit plötzlicher Ruhe).

Er bittet seine Unart mir wohl ab.
Unrecht that ich, mich also zu ereifern.

Was faßte er, wie viel der Fäden hier
In meiner einen Hand zusammenlaufen,
Und wie den einen ich schroff angespannt,
Gleichviel, ob plötzlich er zerreißen möchte?
Ein halbverschlafner Träumer schleicht und irrt
Er meinem Weg seitab, erwacht einmal
Und schilt mich statt sich selbst: Verirrter! —

(Zu Jost.)

Unmünd'ger Knabe, lerne erst das Ende
Des Anfangs, eh' du tadelst!

(Sich unterbrechend.)

Horcht! Sie kommen! —
So mir mein Sohn will zu Gefallen sein,
Mag er, eh' ich ihm weiter Rede stehe,
Deß' Zeuge sein, was diese Stunde bringt.

(Zu Jost.)

Laß dort dich nieder!

(Zu Benedikta.)

Wollet hier Euch setzen!

(Ein Diener erscheint, von Bewaffneten gefolgt, welche Abel und Beri Lorez gefesselt hereinführen. Diese treten erhobenen Hauptes vor den Vogt, der sich in seinen Stuhl zurückgeworfen und sie nachdenklichen Blickes mißt.)

Wolleb (befehlend).

Löst ihre Bande! — Laßt die beiden hier!
Ihr alle geht! Ich dulde keine Zeugen!

(Zum Diener.)

Du haftest mir, daß keine Lauscher nah,
Und hältst dich selbst dem Thürspalt fern! — Nun geht!

(Diener und Bewaffnete ab. Der Vogt geht selbst von Thüre zu Thüre.)

Wolleb (zurückkommend).

Leer sind die Flure, diese Knechte wissen,
Wie für sie höchste Tugend der Gehorsam.

(Bedeutend zu den Bauern.)

Schwer büßt oft der, der diese Tugend mißt! —

(Sich setzend, zu Lorez.)

Du nennst dich Lorez, baust zu Hospenthal
Dein Land?

Lorez.

Ja, Herr!

Wolleb.

Und nennst ein Weib dein eigen?

Lorez.

Ja, Herr, ein liebes Weib!

Wolleb.

Mit Kindern hat
Euch Gott fast überreich gesegnet?

Lorez.

Herr,
Ich möchte dennoch keins von allen missen!

Wolleb.

Just so! Du liebst sie alle. Dennoch hör' ich,
Daß dir ein Zwillingspaar am Herzen mehr
Denn alle liegt.

Lorez *(treuherzig).*

Die ältsten, Herr, die ersten,
Die uns ins Haus den Sonnenschein gebracht.
Doch gelten drum die anderen nicht minder.

Wolleb.

Wie aber ist's, so du die Deinen liebst,
Daß du dich auflehnst wider deinen Abt,
Mit deinem Trotz so dich als sie gefährdend?

Lorez.

Nennt ihn nicht Trotz, Herr, den gerechten Zorn!
Wie denn beständ' ich vor der Kinder Augen,
Die Recht und Unrecht ich zu scheiden lehre,
So ich das Unrecht schweigend schaut' mit an,
Wie vor dem Weibe, das sich einen Mann,
Nicht einen Feigling zum Gespons erkoren?

Wolleb.

Die Klugheit darf nicht immer mutig sein.

Lorez.

Ein rechter Mann will unklug lieber heißen
Denn feig!

Wolleb (drohend).

Des Abtes mächt'ge Hand reicht weit!

Adel (keck einfallend).

So weit, daß er in Eurem Land gebietet!

Wolleb.

Dich frug ich nicht! Schweig' drum, vorlauter
(Zu Lorez) Bursch!

Du stehst in schwerer Strafe, Veri Lorez.
Dein Hab und Gut ist mir verfallen, und
Ein schweres Lösgeld nur erkauft dir Freiheit.

Lorez (finster).

Macht's kurz! Laßt mich das Gift auf einmal
schlucken!

Ihr habt des Lorez Habe schon gezählt
Und draus gewählt, was Euch gefiel.

Wolleb.

Ich that's;
Du ratest gut, mein Freund.

Adel.

Und weshalb Ihr?
Wir standen wider den von Dissentis,
Nicht wider Euch! Wär't Ihr so warm sein Freund?

Wolleb (zornig).

Ich rate dir Gesell, halt besser hier
Dein Maul im Zaum! (Ans Schwert schlagend.) Dies Eisen
ist gar rasch,
Und großes Schweigen lernt der, den's durchfährt!

Adel.

Stecht immerzu! Das nackte Leben blieb
Bis heute Euern Knechten noch. Was thut's,
So Ihr auch dieses nehmt?

(Wolleb reißt den Degen heraus. Benedikta tritt dazwischen.)

Benedikta.

Zähm' dich, Wolleb!

Wolleb
(sich mühsam zwingend, und die Waffe zurückstoßend).

Dank's deinem Engel, Bursch, das ging dir nah!
(Er schreitet zur Thür und ruft hallend.)
Uli, Lorenz! Schafft mir die Dirne her!
(Zu den Bauern sich wendend.)
Ihr seid nicht zahm genug und ihr vergeßt,
Daß mir die Macht ward, euch zu zähmen!
(Plötzlich ruhig und freundlich.)

Doch

Ihr sollt die Macht nicht fühlen, sollt nicht büßen!
Um etwas anderes berief ich euch. --
Ich biet' euch Frieden, biete euch Vergebung,
So sehr ihr Krieg verdient und harte Buße.
Ich bin vielleicht so schlimm nicht, als ihr denkt. --

Abel (zu Lorez).

Wahr' dich Genoß, der Leu versteckt die Krallen!

Wolleb (ruhig).

Hört wohl mir zu! Und wenn ich frage, gebt
Bescheid mir treulich, doch bedenkt euch wohl,
Eh' denn ihr redet; denn ein Wort wiegt schwer!

(Man hört von fern ein kurzes Waffenklirren, das gleich wieder verstummt.
Wolleb betrachtet die Bauern durchdringenden Blickes.)

Wolleb.

Ihr haßt den Abt von Dissentis?

Lorez.

Wer liebte
Den, dessen bitt'res Joch er mühsam trägt?

Wolleb.

So haßt das Volk ihn minder nicht als ihr?

Lorez.

Sie fühlen seine schwere Hand wie wir.

Wolleb (mit starker Betonung).

Doch -- merkt wohl auf! -- wird Ursern dankbar sein,
So einer von des Pfaffen Druck es löst?
Wird es den Dienst mit größ'rer Treue zahlen?

(Abel will reden. Lorez legt die Hand fest und beschwichtigend auf die seine.)

Lorez (gemessen).

Wär't Ihr der eine, Herr?

Wolleb.

Vielleicht, — Gebt Antwort!

Lorez.

Wer Ursern frei macht, wird sein Heiland sein!

Wolleb.

Frei? Frei? Was nennst du Urserns Freiheit,
Bauer?
Dies Thal ist Oestreich unterthan und mir
Als seinem Vogt! Wär's and'res, das du wünschtest?!

Lorez (nach kurzem Zögern).

Wie sollte ich? - Ein Herr muß sein im Land.
Doch schwer zu dienen ist's, wo zwei gebieten!
Verzeiht, wenn vorhin unklar meine Rede,
Ich bin der vielen Worte kaum gewöhnt.

Wolleb.

Ich will dir glauben. Dir mißtrauen hieße,
Zu viel der Ehre dir erweisen; denn
So ganz seid ihr in meine Macht gegeben,
Daß frei kein Wunsch euch bleibt, den ich euch nicht
Gestatten will. Doch hört mich ferner an:
Ihr zwei seid frei von Stund' an! Geht und findet
Daheim, was man von Hab' und Gut euch nahm.
Geht hin; erzählt im Thal: Der Vogt ist nicht
So schlimm, wie man ihn haben will. Und geht,
Tragt Kunde aus, von Andermatt bis Zumdorf

Mögt ihr es melden: Heini Wolleb kündet
Dem Abt von Diffentis den Zehnten auf!
Verwiesen sei der Klostermönch aus Ursern;
Es kenne fürder nur mehr einen Herrn!
Doch Heinrich Wolleb fordert, daß sein Thalvolk
Als wie ein Mann zu ihm im Kampfe steh',
So der von Sax sich friedlich nicht bescheidet.
Geht hin und tragt die Botschaft aus! — Allein

(Stockend, dann mit erhobener Stimme.)

Daß ihr nicht falsch mir seid, damit ihr seht,
Wie Sinn und Hand mir weiter reicht, als daß
Je ungestraft Untreue mir entgienge,
Schaut hinter euch! Ich berge meine Geißel!

(Zwei Bewaffnete haben Aenni hereingeführt.)

Aenni (zitternd).

O Vater!

Lorez (in grenzenlosem Staunen).

Kind, mein Kind, welch' schlimme Fügung
Hieß dich den Fuß in diese Mauern setzen?

Aenni

(macht sich los und schmiegt sich erregt an ihn, spricht stammelnd, hastig).

Sie kamen in der Morgenfrüh' des Tag's,
Vier wilde Knechte, schrie'n die Mutter auf
Und rissen uns vom Lager! Deine Truhe
Erbrachen sie! Den Töni, der sich wehrte,
Schlug einer mit der schweren Faust zu Boden,
Daß er wie tot lag! Dann — ich sah nichts mehr —
Sie brachten mich hieher ins Schloß!

(Sie schaudert zusammen und birgt das Gesicht an des Lorez Brust. Dieser legt
die Arme gedankenlos um sie. Sein Blick ist irr, glühend. Nach einer Weile
fragt er mit heiserer, bebender Stimme:)

Lorez.

Wann war das?

Aenni.

Drei Tage sind es her. Sie schienen ewig!

Lorez

(wie oben. Er betastet mit unsichern Händen seines Kindes Haupt).

Drei Tage, sagtest du? — Drei lange Tage! —
Viel Zeit — viel Zeit — zum Bösen! — Eine Stunde
In dieses Fürchterlichen Näh' genügte!
Und doch — drei Tage, sagst du — schon drei Tage?

Wolleb (hart).

Laß das Gefasel, Mann, und hör' mich weiter!

Aenni (ängstlich zu Lorez).

Du thust mir weh! Dein Handdruck schmerzt mich,
Vater.

Lorez (wie oben).

Erheb' dein Haupt, mein Kind!

(Plötzlich zusammenschreckend.)

Nein! Laß es ruhen!
Verbirg es noch! Noch kann ich es nicht schauen,
Derweil mir bangt, ich kenne es nicht mehr.
Dein Antlitz war einst unschuldsvoll und lieb;
In deinen Augen lag's wie Sonnenlicht,
Das keiner Sünde Wolke je verdunkelt.

(Stockend.)

So ich der Augen Bergquellklarheit nicht — —
Mehr fände?

7

Wolleb
(sich erhebend, in hellem Zorn).

Reißt sie auseinander, Knechte!

(Lorez, auf den die Knechte eindringen, schnellt empor, stößt Aenni von sich, so
daß sie ins Knie sinkt, und entreißt dem Vogte mit einer plötzlichen wilden Bewegung das Schwert. Aenni verharrt knieend am Boden mit in den Händen
verborgenem Gesicht.)

Lorez (außer sich).

Zurück! Treibt mich zum Aeußersten und zahlt
Mit Blut, so ihr mich fassen wollt!

Wolleb.

Schafft Leute!

Adel
(der sich zur Thüre zurückgezogen, hat einen schweren Leuchter vom Gesimse
gerissen. Drohend).

Versucht's und naht der Thüre euch! Dies Handwerk,
Es thäte heut' gar sonderbaren Nutzen!

Lorez
(dicht an den Vogt herantretend, den er mit einem furchtbaren Blick mißt, also
daß dieser starr und wie gebannt stehen bleibt).

Man redet schlecht von dir zu Urfern, Vogt!
Du achtest keine Tugend, keine Unschuld!
Stammle dein Vaterunser, so dein Ruf sich
An meinem Kind erwahrt!

(Er wendet sich langsam zu Aenni und spricht zu dieser.)

Nun schau' mich an!

(Aenni blickt feuchten Auges empor. Lorez starrt sie durchdringend an. Seine
Züge zucken, ein Schluchzen hebt ihm die Brust. Dann entfällt ihm die Waffe.
Er breitet die Arme weit und reißt die ihm entgegeneilende Aenni an seine
Brust empor.)

Lorez.

Nein, nein! Noch bist du mein! So darf ich dich
Dem braven Weib, der Mutter wieder bringen!
O Kind, mein Kind! Ich zitterte um dich! —

(Sich zu Wolleb wendend)

Und Ihr — verzeiht, so ich Euch Unrecht that,
So nicht verspart nur diese Sünde war,
Die durch drei Tage ungethan geblieben.

Wolleb (mit tönender Würde).

Laß, weß' du mich geziehen, mich nicht fragen!
Ich will dich schonen, der du's kaum verdient.
Was auch gescheh'n, geht hin! Ihr kennt die Botschaft,
Und Wolleb hat euch weiter nichts zu sagen,
Als daß zum zweiten Mal er nicht vergiebt!

Lorez (dankbar)

Wir gehen, Herr! An deinen Boten soll's
Nicht fehlen, so die Kunde nicht genehm
Im Volke. (Zu den Gefährten.)

Abel! Du, mein Aenni, kommt!

(Will abgehen.)

Wolleb (streng).

Die Dirne bleibt!

Lorez.

Weshalb?

Wolleb.

Ich sagt' es schon:
Sie bleibt als Unterpfand für eure Treue!

Joſt (entrüſtet).

Spielt nicht das Spiel der Katze mit der Maus!
Ein Leben gilt ſein Kind noch dieſem Vater:
Nehmt es ihm denn, ſo ihr ihn töten wollt!
Laßt beide frei, ſo ihm ſoll Gnade werden!
Und wahrlich, and'res hat er nicht verdient!

(Mehr bewaffnete Knechte treten auf, von durch die Seitenthüren enteilten
Dienern gerufen.)

Wolleb (wie oben).

Die Dirne bleibt!

Joſt.

Bedenkt erſt, was Ihr thut!
Ihr heiſchtet Kriegsgefolgſchaft juſt von dieſen
Und trefft mit rauher Fauſt ſie ins Geſicht,
Die Ihr zu Freunden doch begehrt!

Wolleb (höhniſch).

Zu Freunden?
Als ob der Vogt von ſeinen Knechten Freundſchaft
Erbettelte! Gehorchen muß dies Volk!
Und hätte es Gehorſam ganz verlernt,
So ſoll es ſeine harte Schule haben!
Führt mir die beiden Bauern vor das Thor!
Die Dirne bleibt, bis daß ich Kunde habe,
Daß meine Botſchaft wohl und ungehäſſig
In den drei Dörfern ausgerichtet iſt.

(Bewaffnete bemächtigen ſich der beiden Bauern. Nenni will ſich mit einem Auf-
ſchrei an ihren Vater klammern. Zwei Knechte reißen ſie hinweg.)

Lorez (keuchend).

Herr, laßt mein Kind hinweg mit mir; es kann
Das Heim nicht miſſen, nicht den freien Himmel,
Der hell in meine arme Hütte ſchaut.

Verkommen muß es in der Mauern Enge
Alswie die Bergros', die von ihrem Fels
In schatt'gen Thalgrund plötzlich man verpflanzt.

Wolleb.

Sei thätig, Bauer! Mache dich verdient
Um deines Vogtes Dank, dann hol' ihn dir!
(Auf Aenni weisend. Zu den Knechten.)
Verzieht nicht länger, führet sie hinweg!

Lorez (zu Aenni).

Er will's! Sei still, sei tapfer, Mädchen!
(Zu Wolleb.)
Vogt!
Der Tag, der mir an Seele oder Leib
Dies Kind gefährdet, soll dein letzter sein!

Abel
(mit geballter Faust, im Abgehen).

Die straff gespannte Sehne ächzt. — Hab' Acht,
Die Zeit möcht' nah sein, die sie läßt zerspringen!

Jost (ihnen nachrufend).

Sei ohne Sorge, Lorez! Einen soll
Dein Kind hier haben, der es schützt vor Fährde!
(Lorez, Abel, Diener und Bewaffnete ab.)

Jost (zu dem letzten der Knechte).

Führ' diese Dirne zu der alten Marthe!
Heiß' sie sie wohl betreu'n, Jost Wolleb fordr' es.
(Knecht mit Aenni ab.)

Wolleb (zu Jost).

Was wagst du, Bursch?

Joſt.

Was Ihr mir danken werdet!

Wolleb.

Noch kann ich deines Schutzes leicht entraten.
Spiel' du die Vorſehung bei andern; ich
Kann meinen Weg noch ohne Hülfe finden. —
Du kennſt ihn jetzt! Siehſt du noch nicht, du Thor,
Daß, weſſ' du mich geziehen, eitel Dunſt?
Aufs Werk nur ſchau' ich, auf das Werkzeug nicht,
Und keiner wag' es, mich darob zu tadeln!

Joſt.

Ich will nicht nörgeln, will um das, was wird,
Nicht fragen, was vielleicht geworden wäre.
Ein mächt'ges Feuer habt Ihr angefacht,
Das nicht zu löſchen, ehe ſeine Flammen
Euch oder den von Diſſentis verzehrt! —
Jedoch, daß nicht die Glut Euch beide freſſe,
Laßt, Vater, mich ein offen' Wort Euch ſagen,
Als wär' ich noch ſo Eurem Herzen nah
Wie dieſem Bauern juſt ſein Dirnlein! Hört
Ein Mal auf mich! Bei Gott, ich mein' es treu!

Wolleb.

Mach's kurz und rede!

Joſt.

Was ich reden will,
Iſt für kein and'res Ohr als meins und Eures.

Benedikta

(die bisher ſchweigend und ſtarr geſeſſen, fährt jäh auf).

Ha, das galt mir! Der Sohn weiſt ſeiner Mutter
Die eig'ne Thür! — Und ſo ich nun nicht gehe?

Joſt.

Harr' einer Stunde ich, da ich allein
Den Vater finde.

Benedikta (in höchſter Entrüſtung).

Wohl denn, edles Jungkraut,
Nimm deinen Willen! Ich laß' Euch allein.

(Nähert ſich der Thür.)

Joſt.

Verzeiht mir, Mutter! Ich erlernt' es ſchwer,
Mein Innerſtes dem Weibe zu verſchließen,
Das meiner Kindheit Herzvertraute war.
's war eine Zeit, da waret Ihr mir gut,
Und jede Stunde draus will ich Euch danken!
Doch das iſt lang vorbei nun. Eine Krankheit,
Schlimm wie der Tod für mich, kam über Euch:
Der Ehrgeiz hat in Euch die Mutterliebe
Erwürgt. Ihr wolltet einen Streiter ziehen,
Der mit dem Schwert, was Ihr erſannt, gewänne,
Und nur ein Träumer ward er, der zum Weg,
Statt zu den blauen Himmelswolken ſtaunte.
Nun haßt Ihr mich, verſteht mich längſt nicht mehr!
Wie könnt' ich trau'n, wo man mich nicht verſteht?

Benedikta.

Wer weiß, ob ich dich nicht zu wohl verſtehe? (Ab.)

Wolleb.

Der Zank war nicht erbaulich. Spute dich!
Ich habe meinen Tag nicht, daß ich Stunden
Für dich und für dein leer' Gerede ſpare!

Jost
(mit großem, fast feierlichem Ernst).

Kein leer' Gerede sollt Ihr hören, Vater!
Das kann nicht leer sein, was von Herzen kommt,
Und ganz aus meinem Herzen will ich sprechen!
Nehmt es nicht leicht! Zwingt Spott und Mißtrau'n
                                                nieder!
Hier steh' ich, Euer Blut, von Eurem Stamm!
So Eines Rede, sollt' Euch meine gelten,
Denn nur Verworf'ne lügen ihrem Zeuger!

Wolleb.

Wohlan, ich will geduldig sein. Beginne!

Jost.

Die Würfel sind gefallen! Was den Bauern
Ihr just verkündet, aus dem Schlosse ist's
Getragen schon, mag umgeh'n in den Dörfern,
Find't morgen schon vielleicht den Weg zum Abt
Von Dissentis und wird in wenig Tagen
Am Hof von Oestreich Rede sein. — Ich will
Mit Euch nicht rechten, ob Ihr wohlgethan.
Ihr kennt die Waffe, müßt die Wunde kennen,
Die jene schlägt, wenn sie, zu scharf gezückt,
Vom Feind rückprallend, trifft die eig'ne Brust.
Nur eines, scheint mir, habt Ihr nicht bedacht:
So dieses Thalvolk, jäh vom Sieg berauscht,
Ein Heer von Knechten, das zum ersten Mal
Die Zaubermächte ahnt der eig'nen Kraft,
Den Abt von seinem Herrschersitze reißt,
Wie leicht möcht' es geschehen, daß auch Ihr,
Der Zweite, dessen Joch es mühsam trägt,
Im Sturme fielet seines Freiheitsmorgens!

Wolleb (spöttisch).

Du warst ein Schwärmer stets. Dein Sinn bevölkert
Der Zukunft blaues Land mit Trugaebilden;
Doch eisern steht die Wirklichkeit dawider.
Von heut' auf morgen kann kein Knechtsjoch fallen,
Und fiel' es, müßt' der Herr ein Stümper sein!
Dies Häuflein Bauern hält die Furcht im Zaum
Und meiner Reis'gen wohlbewehrte Schar.
Von Uri wird mir sich'rer Zuzug. Und
In Ursern selbst zähl' ich genug Getreue.
So steht fest wie mein Turm hier meine Macht!

Jost.

Fürsichtig war't Ihr, wähnt es nun genug
Der Fürsicht. Nun, es stände schlecht mir an,
An Euch, dem Vielerfahrenen, zu zweifeln.
Ihr sagt, daß dieses Volk nicht reif zur Freiheit;
Den Wunsch in seiner Seele leugnet nicht!
Es lechzt nach ihr, dem höchsten Erdengut,
Vielleicht vergeblich, doch in heißem Dürsten.
(Hält an, dann mit großer Betonung.)
Wie aber, Vater, so Ihr ihm nun schenktet,
Was mit Gewalt es Euch nicht nehmen kann?

Wolleb (kalt).

Du sprichst in Rätseln; deute dein Gefasel.

Jost
(mit wachsender Begeisterung).

Nein, spottet nicht! Leiht mir ein willig Ohr!
Noch bat nicht oft ich Euch im Leben, gebt
Mir eine einz'ge, fromme Bitte frei!
Entsproßtet Ihr nicht selber diesem Volk,
Das Ihr ein Volk von Knechten nur wollt' nennen?

Liebt Ihr dies Thal denn nicht, das Heimat Euch,
Nicht diese starren Riesen des Gebirgs,
Urew'ger Schönheit himmelnahe Zeugen?
Pocht Euch das Herz nicht, wenn die Laue grollt,
Die Rüse schmettert und der Sturzbach tost,
Wenn je in Donnerton und Blitzesleuchten
Der Herrgott predigt ob den stummen Warten? —
Und diese Knechte hören, seh'n wie Ihr,
Umfassen liebevoll wie Ihr ihr Thal.
Ihr aber sprächet: Dieses Land ist mein!
Es würfe sich, von tollem Ehrgeiz blind,
Der Bruder auf zu seiner Brüder Herrscher!
Ha! Stürzte nicht der Fels? Bräch' nicht die Wand,
Den Unersättlichen zu treffen? — Vater,
Steigt nieder zu den Dörfern, diesen Männern
Schaut stumm ins off'ne, tückefreie Auge,
Meßt diese Leiber wie aus Stein geschnitten,
Fühlt ihrer Hände rauhen, treuen Druck,
Und ebenbürtig Euch müßt Ihr sie finden!
Geht, lebt mit ihnen! Lernt sie wieder kennen,
Die fremd Euch worden, da zu lang Ihr fern!
Geht hin und sprecht: „Die Freiheit bring' ich Euch!
„Aus Eurer Mitte kürt den Wägsten je,
„Daß er für Euch des Landes Schicksal lenke
„Und Euer Ammann sei in Glück und Not."
Geht hin und wagt's! Mit meinem Leben bürg' ich
Für ihren Dank! Der erste Thalammann —
Hier schwör' ich's: Wolleb wird sein Name sein,
Und eines Volkes Liebe wird ihn küren!

(Schweigt hochaufatmend.)

Wolleb
(nach kurzer Pause, seltsam).

Bist du zu Ende?

Joſt (geſpannt).

Ja. — Und Eure Antwort?

Wolleb (erhebt ſich jäh).

„Herr" bin ich! „Herr" will ich und werd' ich
bleiben! (Ab.)

Joſt
(prophetiſch und voll Trauer).

Verblendeter! Das fügt ein höh'rer Herr!
(Langſam ab.)

Der Vorhang fällt.

Vierter Akt.

--- --- ---

Die weite Hütte der Sabine. Es ist Nacht. Die Hütte ist spärlich erleuchtet.
Eine tiefe Ruhe herrscht. Die Fensterluden sind mit Decken verhangen. Sabine
sitzt an einem Tisch im Vordergrund. Vor ihr liegt eine Pergamentrolle; sie ist
ins Lesen derselben versunken. — Irmingard tritt von rechts auf, sieht sich wie
furchtsam um. Sie bleibt unweit der Sabine stehen und betrachtet sie voll
Staunen und Scheu.

Irmingard.

Noch einmal, Aehne, sagt, was geht hier vor?
Weshalb dies Dunkel, die vermummten Fenster?
Die nächt'ge Todesstille kündet Unheil!
Was sinnt Ihr, Aehne? Schon seit Wochen seid Ihr
Verschlossen so, als wär' ich fremd Euch ganz;
Und kein Geheimnis war sonst zwischen uns.
Was thatet Ihr zu Altdorf? Was begehren
Von Euch die Männer, die hier still verkehren?
Was suchet Ihr, ein armes, altes Weib,
In dieser Rolle, Euern müden Kopf
Mit Weisheit quälend, so für Euch nicht taugt?

Sabine.

Geh' schlafen, Dirne!

Irmingard.

Nein, ich will nicht gehen!
Warum, so Ihr Euch müht, soll ich Euch nicht,
Wie sich's geziemt, bei Seite steh'n? Ihr frugt,

Wenn's mir ein Liebes thun galt, lange nie:
Wohlan, legt auch von Eurer Last· ein Teil
Auf meine jungen Schultern! Aehne, Aehne,
Wär' ich so unwert, daß Ihr mir vertraut?

Sabine.

Ich hieß dich schlafen geh'n! Es kommen Gäste,
Und eine Dirne taugt nicht unter Männer
Um diese Stunde.

Irmingard (leidenschaftlich).

Gäste, immer Gäste!
Ha, Ihr vermeint mich blind und blöd und taub!
Mir ahnt, worauf Ihr ausgeht. Aehne, schlägt
Mein Herz so heiß der Heimat nicht wie Eures,
Und Ihr verschweigt, was Ihr der Heimat thut?

Sabine.

Still, Unbesonnene! Was drängst du dich
In Dinge, die nicht reif noch für dein Ohr,
Noch denen deine Kinderseele reif?
Hinauf in deine Kammer; deine Thür
Sei wohl verwahrt, als hielt' ich dich gefangen!
Ich will dich heute hier nicht wieder seh'n!
Bei meinem Zorn mißacht' nicht meinen Willen!
Heut' bricht Granit, eh' denn mein Wille bricht!

Irmingard.

Ich kenn' ihn! Was der Wille will, wird That;
Ihm widerstreben, stände mir nicht an.
Und also felsenfest vertrau' ich Euch,
Daß ich nur schweigen kann und stumm gehorchen.
Und dennoch — heut' zum allerersten Mal
Geschah mir Leid von Euern treuen Handen!

Sabine (haftig).

Ich höre Schritte! Geh! (Irmingard ab.)
(Ein Pochen an der Thür.)

Sabine.

Wer heischt noch Einlaß?

Adel (von außen).

Frei Urfern!

Sabine (ihn einlaffend).

Adel, du so früh? Du bringst
Doch Schlimmes nicht?

Adel.

Nur Gutes! Die Gelad'nen
Gewinnen auf verborg'nem Weg die Hütte.

Sabine.

Du siehst, ich bin gefaßt, sie zu empfah'n.

Adel.

Und habt Ihr Nachricht?

Sabine.

Alles ist bereit!
Glied fügte sich an Glied zu sich'rer Kette,
Sie harrt der Hand nur, die sie fesseln soll!
(Es pocht wiederum an die Thür.)

Adel (erschreckt).

Wer pocht? Noch ist die Zeit nicht um! Die
Früh'sten
Vermögen noch nicht hier zu sein!

Stimme des Jost Wolleb (von außen).

Gieb Einlaß!
Ich weiß dich wach, Sabine Rennerin,
Und bringe Botschaft!

Sabine (hastig zu Adel).

Birg dich dort! Ich öffne!

(Adel nach dem Nebengemach zur Rechten ab, dessen Thür er nur anlehnt. Sabine
öffnet die Außen-Thür. Jost Wolleb tritt ein.)

Jost (sich umsehend).

Bist du allein, — auch wirklich ganz allein?

Sabine.

Wer suchte mich noch heim um diese Stunde?

Jost.

Der Raum will mich so gästewartend dünken,
Als wie bereitet zu verschwieg'ner Tagung.
(Sie scharf ansehend.)
Ich komme ungelegen, Rennerin?

Sabine
(tritt ruhig zur Thür, die sie verrammelt.)
Gelegen oder nicht, sagt, was Euch herführt!

Jost
(hat sich auf einen Stuhl niedergelassen)
Du sicherst deine Thür — so wär' ich denn
Gefang'ner fast?

Sabine.

Kann eines Weib's Gefang'ner
Ein Mann sein, dessen Leib wie Eurer heil?
Doch, kommt zur Sache!

Jost (seltsam).

Lang sah ich dich nicht;
Und viel geschah seitdem. Meinst du nicht auch?

Sabine (scheinbar gleichgültig).

Sie sagen, daß sich viel ereignet draußen.
Der Vogt entriß dem Abt den Zehnten, hat
Ihm Urserns Boden untersagt; doch hör' ich,
Daß sie zu Dissentis gewaltig rüsten.

Jost.

Die Fehde bräut! Auch Ursern ist nicht müßig.

Sabine (wie oben).

So laßt uns seh'n, zu wessen Gunst das Los
Im Streite fällt! — Kamt Ihr um Euern Lohn?
Noch ist's zu früh, noch brüstet sich der Abt
Mit seinem Recht auf dieses Thal. Ihr wißt:
Nur Urserns Freiheit kauft den Preis, den Ihr
Ersehnt!

Jost.

Nur Urserns Freiheit? Weib, du warst
Bescheid'ner eh'mals, heischtest Lösung nur
Vom Joch des Dissentisers.

Sabine.

Was ich damals
Begehrt, begehr' ich heut', nicht mehr noch weniger!

Jost.

Ich glaube dir; nur war dein Herz der Zunge
Schon längst voraus im Wünschen!

Sabine.

Sprecht gerade!
Ich find' mich nicht zurecht in Euern Rätseln.

Jost
(tiefernst, sich erhebend).

So höre eines Manns gerade Rede,
So schroff und wahr und so gerade, daß
Sie dem selbst weh thut, der sie reden muß!

Ich habe dein Geheiß gethan, Sabine;
Für deine Freunde sprach ich vor dem Vater
Und sprach zu spät, derweil der Vogt sie just
Der Haft entlassen. Welch' gering' Verdienst
Blieb da für mich! Nichts als der gute Wille;
Und guter Wille ist ein ärmlich' Ding
Da, wo die Kraft fehlt, was er will, zu schaffen. —
Du hießest mich den Vogt zum Streite spornen
Wider den Abt von Dissentis. — Der Vogt
Bedurfte keines Sporns. — So war ich wieder
Verdienstlos ganz, dem du doch Lohn geboten.
So siehe: deinen Lohn verdien' ich nicht!

(Härter.)

Sprich aber, Weib, hätt' ich ihn mir verdient,
Wärst du zu geben immer noch bereit?

(Sabine schweigt.)

Jost.

Du zögerst mit der Antwort? Wohl denn, höre!

(Laut.)

Du hättest nie gezahlt, was du versprachst!
Jost Wolleb war als Werkzeug dir just recht:
So lang man's braucht, hält man es fest und wirft
Bei Seite es, so's überflüssig wird.

(Tief atemholend.)

8

Weib, ich bewund're dich! Dein Sinn ist groß,
Und eines Steuers würdig deine Hand,
Das Riesenkraft braucht, um gelenkt zu werden.
Was du beginnst, gelingt, wo nicht, so stirbst du!
So für dies Ursern naht der Freiheit Tag,
Mag es als eine Heil'ge dich verehren,
Ob auch nicht heilig alles, was du sannst!

Wähn' mich nicht blind, wähn' mich nicht kinder-
gläubig!
Von erster Stunde an durchschaut' ich dich.
Aus seiner Knechtschaft Nacht weckst du dies Volk
Zu seiner Freiheit strahlengold'nem Morgen.
Schon dämmert er empor! Die Frührotflammen
Erlodern über dieser Berge Rund! —

Ein fremdes Schweigen liegt ob den drei Dörfern,
Des Wartens schwüle Stille vor dem Sturm,
Dem du gebietest, du, die hier in kurzem
Die Männer sammelst, daß sie Treue schwören
Gen den von Dissentis und — meinen Vater!

(Sabine ist langsam nach dem Herd geschritten, an dem eine Axt lehnt. Sie
ergreift diese und stellt sich zwischen die Thür und Jost Wolleb. Ihr Leib ist
hochgereckt; sie ist starr wie ein Bild.)

Sabine.

So viel des Wissens ist gefährlich, Junker!
Man zahlt es teuer — zahlt es — mit dem Leben.

Jost.

Laß deine Waffe ruhen! Ich bin kein
Verräter. — Sieh, so lieb' ich dieses Land,
Daß ich kein höh'res Glück mir wüßte, denn
Für sein Glück mit euch allen treu zu streiten.
Glaub's oder glaub' es nicht: Ich bat den Vogt
Mit meines Mund's beredt'ster Bitte, daß

Freiwillig er euch gebe, was zu nehmen
Ihr meint. — Ich bat umsonst! So thut denn ihr,
Was euch zu thun der Durst nach Freiheit heißt!
Ich schleiche schweren Herzens mich hinweg.
In diesem Kampf, der meinem Vater gilt,
Muß stumpf mein Schwert und lahm die Hand mir
bleiben.
Euer Geheimnis aber geht mit mir
Als wie mit einem stillen, toten Mann.

Sabine.

Was habt Ihr vor?

Jost.

Was wäre mir geblieben?
Die Heimat kennt den Sohn des Wolleb nicht,
Und seiner Liebe Weib will ihn nicht kennen,
Derweil ein and'rer ihre Seele füllt.
Ja, staun' mich immer an, ich weiß auch dies!
Abel, der Holzer, liebt die Dirne, und
Sie liebt ihn wieder! — Wußtest du's, Sabine?
Ja doch, was frag' ich noch! Ein Köder nur
War dies Versprechen, vorschnell mir gegeben,
Und seinem Feinde braucht das Wort man nicht
Zu halten.

Sabine (finster).

Nein! Ein jedes Mittel heiligt
Der Krieg. — Doch hört mich, Junker, Wahrheit
Gabt Ihr mir ganz, so zahl' ich Euch mit Wahrheit:
So Ihr gethan, was ich von Euch gefordert,
(Die Hand am Beil.)
Hätt' diese Waffe meine Schuld getilgt,
Den Gläub'ger löschend statt der Schuld. —
(Voll Trauer.)

Und nun.
Nun habt Ihr plötzlich mich gelehrt, wie klein,
Wie so ganz ehrlos ich bin gegen Euch.
Ich wollte klug sein, Ihr jedoch war't edel,
Und Edelmut ist höchste Seelenklugheit!
Verzeiht — und nun — nun geht — ich halt'
Euch nicht!

(Sie tritt von der Thüre zurück.)

Jost.

Leb' wohl, Sabine! Schilt dich nicht! Du bist
Aus jenem Stoff gemacht, aus dem man Helden,
Führer des Volks schnitzt, kühne, skrupellose,
Die man nicht mißt mit einem Alltagsmaß.

Leb' wohl! Ich scheide ohne Groll von dir.
Und willst du von des Wollebs Sohn noch hören,
So frag' nach einem Mönch, der einsam haust,
Wo hart am ew'gen Schnee der Saumpfad führt,
Ein Weg der Müh', der Fähr', ein Weg des Todes.
Der Mönch wird ob ihm wachen, Tag für Tag,
Im Brand des Sommers, in des Winters Stürmen,
Ein stiller Diener der Barmherzigkeit.

(Geht leise ab.)

Abel (hervortretend).

Was thatet Ihr? Ihr ließt ihn zieh'n? — Sabine,
Seid Ihr so blind, so unklug oder — schlecht?

Sabine
(die sich auf der Herdbank niedergelassen, vor sich hinmurmelnd).

Wär' Jener Vogt von Ursern, hätt' ich nie
Das Schwert geschärft, die Fessel zu durchschneiden.
Denn einem guten Herren treu zu dienen,
Ist besser weit, denn selber frei zu sein.

Adel (faßt sie rauh an).

Gieb Antwort, Weib! Was ließest du ihn frei,
Der uns zur Stunde noch verraten mag?

Sabine (mit Hoheit).

Schweig', Knabe! Bis dein braunes Haar dir bleicht,
Magst du noch lernen, daß von großen Menschen
Man klein nicht denkt!

Adel.

Er ist des Wollebs Sohn!

Sabine.

Und die Natur macht gut im Sohn, was sie
Im Vater fehlte.

Adel.

Wohl, auf Euch die Schuld,
So allzu seliges Vertrau'n Euch trügt
Und Euch wie uns sich'rem Verderben weiht!

Sabine.

Auf mich die Schuld! Die selbst ein Leben lang
Es nie verstand, ein guter Mensch zu sein,
Muß, daß es gute Menschen giebt, doch glauben!

(Emporfahrend.)

Es nahen Stimmen! Horch! Sie steigen nieder
Den Ziegensteig. Das ist die erste Schar!
Geh' öffnen, Adel! Laß uns sehen, wer
Zuerst den Weg zu der Sabine fand!

(Sie schreitet nach dem Tische, setzt sich und verharrt in Schweigen. Felix, der
Hirt, Veri Lorez, Cari Gamma, Anton Christen, Fidel der Schmied, Hans Fedier
und andere treten auf. Adel drückt jedem die Hand.)

Lorez.

Wir sind die ersten hier, so wie sich's ziemt!

Fidel.

Die andern haben zweimal längern Weg,
Und übel steigt sich's Nachts entlang den Hängen.

Carl.

Ich sah die Hospenthaler auf der Höh'
Des Weges schon, da wir der Hütte nahten.

Adel
(auf die Wandbänke weisend).

Laßt dort euch nieder! — Diese Hütte sah
Wohl nie vordem an Gästen solche Zahl.

Felix (sich setzend).

Sie ward dem Wanderer zum Schirm bestimmt:
Ein unbeschirmtes Volk sucht heut' sie heim,
Mög' es hier lernen, wie der Heimat man
Ein unverletzlich', heilig' Schirmhaus baut!

Lorez
(ist zu Sabine getreten).

So stumm, Sabine? Habt Ihr keinen Gruß
Für die, so willig Eurem Rufe folgten?

Sabine
(tritt, sich erhebend, mit ausgestreckten Händen zu den Männern).

Wie gern, so meinen Gruß ihr nicht verschmäht!

(Sie geht von einem zum andern und reicht jedem die Hand; nur Hans Fedier
übersieht sie.)

Sabine

(zu Lorez, ihm die Hand reichend).

Heut' gilt's, ein Vaterherz zu heilen, Lorez!

(Zu Anton Christen, wie oben.)

Bedächt'ger Rater, sei mir froh gegrüßt!

(Zu Fidel.)

Halt' deinen Hammer fest heut' Abend, Schmied;
Möchte es doch ein hartes Schweißen werden!

(Zu Felix.)

Denk' deiner Herde heute, Meister Hirt,
Auf daß kein Wolf inskünftig dir sie lichte!

(Nachdem sie ihre Begrüßung beendet, zu allen.)

Ernst ist die Stunde! Denkt an Weib und Kind
Und eure bitt're Armut! Heute just
Sollt' keines der drei Dinge ihr vergessen!

Christen.

Wißt Ihr uns Neues, Rennerin?

Sabine.

Ich will
Nicht reden, ehe alle hier versammelt!

(Sie setzt sich wieder. Lorez, Adel, Christen, Fidel u. a. umstehen sie und unterhalten sich leise untereinander.)

1. Bauer (bei Seite zum andern).

Was denkst du von dem Weibe?

2. Bauer.

Wenig Gutes!
Weiß Gott, fast lach' ich, daß ein Haufen Männer
Gleich Kindern, die mit Zuckerwerk man lockt,
Dem Weibe nachläuft, weil es just einmal
Das Wörtchen Freiheit fallen ließ.

Fedier

(sich heimlich an sie stehlend, zum ersten).

Gevatter,
Wie paßt's Euch hier? Ihr war't sonst der Sabine
Gerad nicht hold und kommet doch zu Gast?

1. Bauer.

Nun ja, der Lorez bürgte, daß die Sache,
Die hier zu hören, wichtig über Maßen,
Und Veri Lorez ist ein braver Mann.
Ihm drum, und nicht dem Weib, war ich zu Willen.

Cari Gamma

(der nahe der Thür lauschend gestanden, laut).

Vernahm ich Stimmen nicht? Das sind die Andern!

2. Bauer (sich umwendend).

Laßt sie herein! Die Thür auf, daß der Lichtschein
Wegweiser sei! Die Nacht ist höllisch dunkel.

Sabine (leise, aber scharf).

Bedächtig! Laßt sie erst die Losung geben!
Aufricht'ger Freund find't auch bei Nacht den Freund.

(Ein Pochen von außen.)

Sabine (zur Thüre tretend).

Wer ist es, der noch Einlaß will?

Stimme von Außen.

Frei Urfern!

(Sabine öffnet die Thür weit, tritt aber zurück und geht nach ihrem Tische. Viele
Bauern, darunter Ital der Schmied, Meyer-Veri, der Renner-Zeno u. a. treten
auf. Sie begrüßen die Anwesenden mit Händedruck. Die Sabine
bleibt unbeachtet.)

Ital.

Das nenn' ich wacker laufen, meint ihr nicht?
In einer Stunde zwangen wir die Hänge
Und trafen die von Hospenthal am Weg.

Renner.

Des Vogtes Späher täuschten wir. Sie waren
Heut' Abend emsig, schlichen sich im Dorf
Mehr als genehm und lieb uns war, umher.
Da thaten wir beim Sternwirt uns zusammen
Und lockten sie dorthin. Sechs Männer blieben
Mit ihnen dort, beim welschen Wein sie fest
Zu halten. Hei, sie spürten schon den „gächen"!
Wir andern aber, Mann um Mann, gewannen
Fürsichtig den geheimen Weg hieher.

Lorez.

Laßt uns die flügge Stunde nützen, Freunde!
Die Nacht ist kurz und viel gilt's zu bereden.

Christen.

So nehme jeder seinen Platz im Ring.
Es tagt zum ersten Mal die Thalgemeine.
Als wie zu Altdorf freie Männer tagen,
So halte hier das Volk von Ursern Rat!

(Lorez tritt, nachdem sämtliche Bauern im Halbkreis stehend sich gruppiert, nur
Sabine stumm und über das Pergament geneigt an ihrem Tisch im Vordergrunde
verblieben ist, in die Mitte des Rings.)

Lorez.

Ich seh' euch warten, Freunde! Ungeduld
Les' ich aus manchem Antlitz. Ihr begehrt,
Wozu man euch hieher beschied, zu wissen,
Hieher, wo sonst des Urs'ners Fuß nicht trat.

So hört mich an und hört mich ruhig an;
Zu Männern sprech' ich, die zum Rat berufen,
Und kühles Blut behält, wer klug im Rat! —

(Nach kurzer Pause.)

Ihr kennt das Werk, das still das Volk beschloß;
Von Ohr zu Ohr ging lang davon die Kunde.
Der sie vernahm, verschloß sie tief im Busen
Und wahrte wohl den heil'gen Schwur: Frei Ursern!
Und Kunde ging von einem Freund und Führer,
Noch unbekannt im Thal, noch namenlos,
Doch klug und treu, wie keiner je gefunden,
Der einen Weg zum Ziele euch ersann,
Wo jedem andern alles pfadlos schien.

(Mit erhobener Stimme und auf Sabine weisend.)

Wohlan, so grüßet, die euch Leiter war!
Erkenne deinen Freund nun, Volk von Ursern!

(Gemurmel und Bewegung unter dem Volk. Sabine erhebt das Haupt und blickt
sich ernst und forschend im Kreise um.)

Sabine (sich erhebend).

Ihr starrt mich an! Der Freund ist nicht
willkommen!
Mein Volk von Ursern, ich verstehe dich:
Den man geschmäht, verachtet, den man mied,
Nimmt man zum Freund nicht an von heut' auf morgen,
Nur weil ein and'rer Gutes von ihm spricht.

Laßt Thaten für mich reden, hört mich an —
Nein, hört nicht mich, nur meine Rede hört!
Schließt eure Augen, habt ein Herz nur offen,
Nicht mir, nein, nur dem Wohle dieses Thals!

(Der Meyer-Veri und andere haben sich abgewandt und sind der Thüre zuge-
schritten. Hier tritt ihnen Anton Christen entgegen.)

Christen.

Wohin, ihr Leute? Keine Uebereilung!

Meyer=Veri.

Was will dies Weib von uns? Wer war der Narr,
Der uns hicher beschied, daß diese Vettel
In unf'rem Kreis nach Freunden suche?

1. Bauer (drohend).

Ha,
Wer heut' den Weg nutzlos uns gehen hieß,
Dem ziemte Dank, daß ihm der Kopf drob brummte!

2. Bauer.

Zum Teufel! Warst du närrisch, Lorez=Veri,
Daß du für die dort um Besucher warbst?

Fibel.

Nicht er nur warb, auch ich bracht' manchen her,
Und rühm' mich dessen. Habt Geduld ihr nicht,
Zu hören, was zu hören euch vermeint,
Lauft eures Wegs, 's geht hier auch ohne euch!

Meyer=Veri.

Das will ich eben: geh'n! Gebt frei die Thür!
(Will ab.)

Sabine (jäh aufflammend).

Halt! Beim Allmächt'gen, ich befehle euch:
Bleibt hier! Vernehmt, was ich zu sagen habe!
So euere Weiber, euere Kinder, ihr,
Die Erde, die ihr schafft, euch etwas gelten,
Verharrt! — Ich halte deine Freiheit, Urfern!
(Hebt die Papierrolle und weist sie den Versammelten.)
Verschmähst du sie, weil diese Hand sie birgt,
Wohlan, so mag ein and'rer dir sie bieten!

Hier nehmt, nehmt alles! Ich will keinen Dank!
Was ich gethan, dies Blatt erzählt es euch,
Und ich, ich will mich stumm bei Seite schleichen.

(Sie will gehen. Lorez und Abel halten sie zurück.)

Christen

(an der Thür zu Meyer-Veri).

Du bist ein alter Mann — ich hielt dich hoch.
Lehr' mich nicht spät noch Schlimmes von dir denken!
Barmherzigkeit und Milde sah ich sonst
Das Wesen alter Menschen still verklären,
Lern' ich an dir, daß alt sein hart sein heißt
Und ungerecht! Willst du, den Gott bald richtet,
Dies Weib verdammen, ehe du's gehört?

Felix.

Bezwing' dich, Veri! Bleib und heiß' die andern,
Die mit dir kamen, bleiben; jener nicht,
Dem Weib nicht zu Gefallen, uns zu lieb!

Meyer-Veri

(nach kurzem Kampf mit sich selber).

Wohlan, es sei! Ich will nicht Spielverderber,
Noch Friedestörer sein. Das aber wißt,
Was euch von jener kommt, kann Heil nicht bringen,
Denn nur aus reinen Händen geht das Heil!

Lorez

(im Vordergrund zu der sich noch immer sträubenden Sabine).

Nein doch, Ihr und kein anderer darf reden!
Wer kennte Eurer Hände Werk so wohl
Und wüßt' es zu erklären, wer als Ihr?

Sabine

(wie zu fich felber).

Schmähung auf Schmähung häufen fie. Und ich,
Ich foll fie fegnen! (Mit plötzlichem Entfchluß laut.)
            Dennoch, ja, ich will's!

(Sie geht langfam auf ihren Platz zurück. Die Männer fchließen den Ring
aufs neue.)

Sabine

(hochaufgerichtet mit zwingendem Blick die Verfammelten meffend).

Ihr Männer Urferns, am Martinitag,
Da gleich dem Wolf, der zwifchen Lämmer fährt,
Des Diffentifers Knechte bei euch hauften,
Der Bruder Zehntner fchritt von Haus zu Haus
Und plünderte, den Rofenkranz am Gürtel, —
Da griff mich ein Erbarmen an um euch.

Ich hörte Schluchzen. Jäh Verarmte weinten.
Ich hörte Murren. Denn der Mann hat Flüche,
Doch Thränen nicht für feines Gutes Räuber.
Und Seufzer, ftockend, gleich verhalt'nem Auffchrei,
Daß wieder eines Jahres Müh' verloren,
Vernahm mein Ohr. — Und ihr erbarmtet mich!

Dann kam der Vogt, derfelbe, deffen Name
Dem Volk von Urfern war wie Unheilkunde,
Der Wolleb kam, gefürchtet und gehaßt,
Deff' fchwere Hand zu oft das Volk gefühlt,
Um mehr denn Mißthat noch von ihr zu hoffen,
Derfelbe kam. — Und ihr erbarmtet mich!

Und, was ihr wußtet, daß gefchehen würde,
Gefchah zu bald nur. Ein Tyrann zu fein,
Vergaß der Vogt mit nichten, da am Hofe
Oeftreichs er fchmeichelnd vor dem Herzog kroch.
Muß ich euch mahnen, wär't ihr fo vergeßlich,
Daß ihr nicht mehr im Sinne hieltet, was

So heut' als gestern, Wochen, Monde früher
Von dieses Vogtes Handen euch geschah?

Der Wolleb kam, und gleich der Katze, die
Im Käfig allzulange Zahmheit lernte,
Wies er die Krallen, ließ er euch sie fühlen.

Denkt an den Renner=Martin, dem der Vogt
Die letzte Gais ließ aus dem Stalle führen,
Dem lahmen Alten alles nehmend, was
Den Tisch ihm füllte, so der Hunger kam!
Des Muheim denkt, deff' Haus zu Hospenthal
Dem Vogt den Ausblick sperrte, wie der sagte,
Und dem das Feuer das Gebälke fraß!
Denkt dieses Mannes hier, des biedern Lorez;
Fragt ihn, wie früh am Tag des Wollebs Söldner
In seine Hütte brachen, da er fern.
Und fragt ihn, wo sein ältstes Dirnlein blieb,
Das mit Gewalt der Vogt aufs Schloß geladen!
Fragt alle selber euch, wie sicher ihr
So eure Weiber wißt wie eure Dirnen,
Seit der von Hospenthal aufs neu' hier haust!
Nichts Neues sag' ich euch. Und doch — vielleicht
Erwacht ihr erst zur düsteren Erkenntnis,
So eures Elends Mär, von fremden Lippen
Hinausgeschrie'n, an eure Ohren gellt! —

Mein Volk von Ursern, du erbarmtest mich!

(Sie hält tief aufatmend inne.)

1. Bauer.

Sie hat nicht Unrecht!

2. Bauer.

       Was sie redet, ist
Wie heller Tag so wahr!

3. Bauer.

Sie sprach zu wenig!
Des Vogtes Sünden zählt kein Mund je auf!

Sabine.

Von innigem Erbarmen ganz erfüllt,
Hab' ich vier biedern Männern mich vertraut,
Und Echo fand mein Wort in ihrem Innern.
Hier saßen wir beisammen manchen Tags,
Das Für und Wider wägend uns'rer Pläne.
Und was zum Wohl des Thales je geschah,
Deß' ward getreulich jedem von euch Kunde.

So ward der Bund, der jetzund unzerreißbar
Euch alle hält. Und schnittreif steht das Korn,
Das aus dem ausgetrag'nen Samen sproß! ---

Den Wolleb treibt der Ehrgeiz ins Verderben.
Herr will allein im Thal er fürder sein,
Nicht nach dem Herzog mehr, dem fernen, fragen,
Noch nach dem Abt, mit dem er sonst geteilt.
Dem stolzen Sax ließ er den Zehnten künden,
Verbot ihm herrisch dieses Thales March.

Da fährt das fromme Aebtlein aus der Ruh'
Und schreit nach seinen Knechten. Schon besetzt
Ein starker Haufe an der Höh' die Grenzen,
Und emsig rings in Rhätien wirbt der Abt.
Hier aber ruft der Vogt die Männer auf.
Zur fernsten Hütte ließ er Botschaft geh'n,
Daß jeder Ur'ner ihm Gefolgschaft leiste!

Da gilt kein Zögern, hilft kein Murren, Bitten.
In wenig Tagen hat der Vogt sein Volk
Von Söldnern hier beisammen und heißt euch
Mit ihm hinauf zum Oberalpsee steigen.

In euren Händen liegt des Wollebs Schicksal;
Allein schlägt er den Pfaffenhaufen nicht!
Ihr sollt die Macht ihm retten, sollt dies Thal,
Das euch gehörte, euch vor Gott und Menschen,
Mit eurem Blut für diesen Vogt erkaufen! —
  Ich frag' euch, Männer, wollt ihr solches thun? —

Felix.

Folgt frisch dem Vogt, und schlagt den Pfaffen
                                    treulich,
Und wann er flieht, jagt ihm den Wolleb nach
Zum Thal hinaus!

Abel.

  Bei Gott, das wär' ein Wort!

1. Bauer.

Bedächtig, Freunde! Große Thaten sind
Verkündet leichter stets, denn ausgeführt.
Wie ständen wir, ein streitunkundig' Volk,
Gen Wollebs wohlgeschulte Söldnerschar?
Und wie, so wir sie zwängen, schützten wir
Die Heimat wider Oestreichs Zorn und Strafe?

Abel.

  Mit zwanzig tapfern Männern schließ' die Pforte
Zum Urserenthal am Teufelsberg ich ab.
Und forderten viel Tausende dort Einlaß,
Es sollte keiner einen Durchweg finden!

Fidel.

  Ein starker Arm gilt mehr als schwer Gewaffen
Und Freiheitsliebe mehr als Söldnermut!
Was zögert ihr? Nur einmal kommt die Stunde,
Und nun sie schlägt, verschlaft sie nicht!

Meyer-Vert.

Und doch
Ist's besser, daß ihr schlaft, denn daß ihr wachend
Zu fassen heischt, was nur ein Traum euch wies.

1. Bauer.

Laßt uns dem Wolleb folgen, laßt den Abt
Uns, wie er's heischt, aus diesem Thal verdrängen!
So sind wir ledig eines schlimmen Herrn
Und tragen leichter an dem Joch des andern.

Sabine.

Genug! So seid ihr! Anders meint' ich nicht,
Daß ihr hier sprächet. — Mein unmünd'ges Volk,
Das du die Kraft nicht ahnst, die in dir wohnt,
Und dich in langgewohnter Demut beugst,
Weil du dein Haupt noch nie hast frei getragen,
Getreue Urs'ner! Meine Blicke schau'n
Ein eisenstark' Geschlecht von hohen Männern,
Zäh wie der Wettertanne Stamm die Leiber,
Die Fäuste Hämmern gleich, so arbeitshart,
Den Rücken ungebückt, trotz seiner Last —
Und sie, sie wären Knechte? — Nein, fürwahr,
Ein Volk wie ihr schreibt Sieg auf seine Panner
Und trägt sie stolz gen jeden Feind zur Höh'! —
Fidel der Schmied sprach wahr: Die Stunde flieht
Und ist, so unbenutzt sie blieb, verloren!
Was ist der Vogt? Was gilt sein Söldnerheer?
Bezahlte Hülfe ist nur halbe Hülfe;
Ihr aber steht für Weib und Kind und Recht;
Mit euch ist Gott und wirft für euch die Schranken!
Am Teufelsberg soll euch ein Zeichen leuchten
Zur Dämmerfrüh, da sich der junge Tag

9

In blassen Lichtern ansagt, fern im Osten, —
Dann seid bereit! Schart euch um die, so ihr
Vorstreiter wählt und Führer in Gesahr!
Und alsdann sei's, als seud'ten alle Berge
Wildwasser nieder über Hospenthal!
Lernt von den zahmen Bächen, die im Lenz
Siegtrunken rasen von den Felsenplatten,
Und kommt wie Sturmwind über den Tyrannen
Und auf sein Volk! Reißt sie mit fort, als wär'
Unzählmbar eure Gier, den Abt zu schlagen!
Sie werden folgen, denn es muß der Vogt
An diesem Tage eure Freundschaft werten.
So fahrt ihr auf bis an die Oberalp,
Allwo der Sax mit seinen Knechten steht.

In jener Höhe saust's wie ew'ger Föhn,
Und tollt der Sturm, ist dort ein übel Rasten.
Ihr aber braust hinauf und fegt den Grat,
Wie noch kein Wind den kahlen überfuhr,
Ihn jählings säubernd von der Feinde Scharen!

Und flieht der Abt und ist sein Volk zerstreut,
Dann wendet euch und schaut dem Hospenthal
Ins siegesstolze Herrscherangesicht!
Nehmt ihm sein Schwert und schlagt ihn jach in Ketten,
Der euch bisher in schwere Eisen schloß!
Und steht sein Volk für ihn, bleibt ihm noch Frist,
Hat Staunen ihm die Hände nicht gelähmt,
Wohlan, dann greift noch einmal zu den Waffen
Und schreibt mit seinem Blut den Siegelbrief,
Der Urserns Freiheit bürgt für ew'ge Zeiten!

Abel
(eine Anzahl Altersgenossen hinter sich).

Hier schwör' ich es beim Heiligsten und Höchsten:
Der Arm soll nimmer ruh'n, bis Ursern frei!

Uns stellt voran, einst Kinderspielgenossen,
Laßt uns im grimmen Ernst Gefährten sein,
Und wo die Fähr' am größten, laßt uns stehen!

Die andern.

Heil der Sabine! Laßt uns schwören — schwören!
Frei Ursern oder Tod!

Fidel.

Bei meinem Hammer,
Ich schwöre Treue bis zum letzten Hauch!

Viele Stimmen.

Heil der Sabine! Laßt uns kämpfen, siegen
Und frei sein oder sterben!

Meyer=Beri (laut und warnend).

Haltet an!
Was soll der siegesstolze Uebermut,
Eh' denn die Würfel nur gefallen? — (Zu Sabine.)
Weib!
So Ursern seine Freiheit sich erficht,
Wie bürgst du ihm, daß nicht die kaum erstritt'ne
Ein Mächtigerer denn der Vogt von Ursern
Ihm nimmt? — Wie schütztest du das Land gen
Oestreich?

Sabine.

Gebt Ruhe, Freunde! Wär' so alt ich worden
Und doch voll Leichtsinn noch, daß ich zum Streit
Euch riete und bedächte nicht, daß Glück
Nie wendischer als wie zur Zeit der Schlachten?
Schickt Boten aus nach Uri! Hört, was dort
Das Volk in allen Gassen wispert: „Ursern

Ist Bruderland! Was bleibt es Oestreichs Sklave?
Es trete dem Vierländerbunde bei,
Schließ' sich an Uri, wie der Herrgott es
Mit ihm verbunden mit granit'nen Banden,
Und fürchte fürder keines Mächt'gen Dräu'n!"

Ital.

Sprichst du die Wahrheit, Weib? Wär' Uri so
Gen uns gesinnt und stänb' zu uns im Streite?
Woher ward Kunde dir?

Sabine.

Ich war zu Altdorf!
(Bewegung im Volke.)

Lorez.

Die Rennerin und ich erkundeten
Des Urner Volks Gesinnung.
(Mächtigere Bewegung.)

Sabine.

Hört Beweise!
(Entfaltet das Pergament.)

Die Urner Räte senden Botschaft euch.
Hier diese Schrift ladt euch zum Bruderbunde,
Geheim noch jetzt, doch offen bald der Welt,
Ladt eure Boten vor den Rat nach Altdorf
Und sichert Hülfe euch gen jeden Feind,
Der fürder eure Freiheit will gefährden.
(Lautes Beifallsgemurmel.)

Christen.

Was fürchtet ihr, was zögert ihr noch länger?
Die sind der Freiheit würdig nicht, die jetzt
Noch zweifeln, zagen und unschlüssig steh'n!

Fidel.

Wer eine Memme sein will, steh' zurück!
Laßt uns den Treueid schwören, Männer! Legt
Aufs Herz die Linke, hebt die Rechte hoch
Gen Himmel und vor Gott sei es gesprochen:
„Frei Ursern oder Tod."

1. Bauer.

Es sei denn! Hier
Gilt kein Bedenken mehr. Auch ich will schwören!

2. Bauer.

Wo alle helfen, bleib' auch ich nicht säumig,
Ich bin bereit zum Schwur!

Meyer-Veri.

Wohlan, auch ich!
Was halb gethan schon, helf' ich gern vollenden,
Und, will es Gott, vollenden wir es gut.

Ital (zu Sabine)

So nehmt den Schwur! Nur Ihr dürft ihn empfangen!

Sabine.

Wem gälte Treue es zu schwören, als
Euch selbst? Nur einig seid ihr stark und groß!
So trete Mann zu Mann; es finde sich
Mit hartem Drucke Hand zu Hand zusammen,
Und jeder schwöre seinem Bruder Treu';
Denn Brüder seid ihr von der Stunde worden,
Einer zum andern unlösbar gekettet
Durch schwere Fährde, die euch allen dräut.

Es gelte Herr und Knecht nicht mehr; es sei,
Wo Feindschaft war, jedweder Haß begraben!
Gestundet sei so lange alle Schuld,
Bis dieses Thals Geschicke sich erfüllten,
Und gleich geachtet sei der Schuldner dem
Besitzenden; denn alle seid ihr gleich
In diesen Tagen, da der Tod entscheidet! —

(Pause.)

   Was zögert ihr? Ihr dürft nicht klein sein, Urf'ner!
Ein braver Mann gibt alles für sein Land,
Läßt nicht vor jenes Wohl sein eig'nes gelten,
Und hoher Sinn nur reicht an hohe Ziele!

(Schreitet auf den Meyer-Beri zu.)

Hör' du mich, Alter, dessen Haar so weiß
Wie meines ist und es in Ehren wurde!
Dein Sinn ist hart und unbeugsam! Du weißt
Dich ehrenwert und lässest dir nicht nah'n,
Was hoch wie du sein Haupt nicht tragen kann.
Das ist dein Stolz; ich will ihn dir nicht rauben;
Ich beug' mich dir, dem Bessern von uns Zwei'n.
In einem aber laß mich größer sein!
Du gabst mir bitt're Worte; keine Schmähung
War dir zu schwer für mich, die Rennerin;
Nun will das Thal, daß wir zwei Freunde seien, —
Hier meine Hand — ich trage keinen Groll!

Meyer-Beri (sie fest ansehend).

Ich bin so starr nicht, daß ich Gut und Böse
Nicht dort auch schiede, wo bislang ich nur
Verachtete, — verzeih' die harte Rede! —
Heut' aber, Weib, lehrtest du Achtung mich!

(Er ergreift ihre Hand.)

Sabine.

Ich danke dir. Die Achtung soll mir bleiben!
(Zu Fibel und Ital sich wendend.)
Hör' du mich, Fibel! Du, Ital von Zumdorf,
Tritt vor! Und stehet Aug' in Aug' ihr zwei!
Ihr lebt in Feindschaft. Seit Jahrzehnten schon
War zwischen euch nur Haß; er muß sich wandeln!
Von dieser Stund' an sei er ausgelöscht,
Vergessen aller Groll: reicht euch die Hände!

Fibel.

Du forderst viel. Weißt du, daß diese Hand
Einst eher dorrte, denn die Itals griff?

Ital.

Es läßt sich Feindschaft nicht wie Siechtum heilen.
Und wär's — ich trag' nach Heilung kein Begehr!

Sabine (zwingend).

Der Feind ist um euch! Laßt nicht einen größern
In eurer Mitte sein: Uneinigkeit!
Selbst zwinge sich, wer and're will besiegen,
Daß würdig er des Siegs, den Gott verleiht.

Ital (betroffen).

Du windest mir die Waffe aus den Händen.
(Mit plötzlichem Entschluß zu Fibel.)
So hör' Freund Feind! Die Streiche, die ich dir
Ehrlich gegönnt, soll Wolleb doppelt spüren!

Fibel (ihm die Hand drückend).

So sei es: doppelt, Ital, denn wir führen
Sie Seit' an Seite und im ersten Glied.

Sabine.

Das nenn' ich eines wackern Mannes Rede!
Ursern mag stolz auf seine Streiter seh'n.

(Sich zu einem Bauern wendend.)

Du, Gallus Bennet, bist im Angesicht
Des Todes, der dich mag und jeden schlagen;
Bist du bereit, die Hand zu reichen jenem,
Dem Simon Russi, der dein Knecht vordem,
Doch deinem Zorn verfallen, seit zu kühn
Die Augen er erhob zu deiner Dirne?

Bennet (zu Russi).

Heut' gilt nicht Groll, noch Vorurteil: So lege
In deine meine Rechte ich, Gesell,
Und höre mich: In diesen Tagen mag
Den Mann ein Jeder zeigen, der er ist,
Und wer für Userns Freiheit mannhaft stritt,
Der sei als Freier meiner Dirn' willkommen!

Russi

(des andern dargebotene Hand ergreifend).

Ich nehme Euch beim Wort und schwör' Euch zu:
Das Vaterland soll keinen treuern Sohn,
Noch treuern Freier Eure Dirne haben!

Christen

(unter sie tretend, mit Begeisterung).

Nun wirst du mündig, mein verachtet' Volk!
Ein machtvoll' Fühlen zwingt mich nah euch allen.
Reicht mir die Hände, Brüder, diese Stunde
Hat uns getauft: Wir sind ein Volk der Freien!

Sabine

(hoch und gewaltig inmitten aller).

Drei Finger eurer Rechten auf zu Gott,
Daß ihr wollt einig sein in Fähr' und Not!
Daß ihr wollt steh'n wie eurer Berge Stein,
Ob Feinde stürmen wider eure Reih'n!
Daß jeder Leib ein Wall dem Lande sei!
Daß ihr wollt sterben oder frei sein — frei!

(Die Hände schlagen empor, viele Männer knieen. Adel, Christen, Fidel, Lorez
umgeben die Sabine.)

Alle

(schwören mit gedämpfter Stimme).

Laßt Feinde stürmen wider uns're Reih'n,
Wir werden steh'n wie uns'rer Berge Stein!
Ein jeder Leib ein Wall dem Lande sei!
Wir werden sterben oder frei sein — frei!

Der Vorhang fällt.

Fünfter Akt.

— — —

Der weite Platz zu Andermatt. Es ist Abend; die Sonne streift mit mildem verklärendem Schein die Scene, insbesondere ein Heiligenbild im Vordergrunde. Veronika, das Weib des Lorez, kommt mit drei Kindern aus den hintersten Hütten. Ihr begegnen andere Weiber, darunter Josepha und Anna.

Veronika (im Vorwärtsschreiten).

Geht dort hinüber, meine Kinder! Kniet
Und betet zur Maria für den Vater.
Die Zeit ist nah, da er mag wiederkehren.

Josi (mit blitzenden Augen).

O Mutter, welch' ein Held ist doch der Vater!
Im weiten Thal ist keiner schmuck wie er
Und bärenstark. Hei, wen sein Arm heut' traf,
Der thut in Ursern keinen Schaden mehr!

Beate.

Und unser Töni! Seid Ihr denn nicht stolz?
Saht Ihr, wie er die schwere Armbrust spannte,
Wie er so keck an Vaters Seite schritt?
Von St. Josefen klang sein Abschiedsruf
Herüber noch, und 's war wie Siegesjauchzen!

Veronika.

Gott gebe, daß die Stimme euch und mir
Bald wieder klinge! Siege sind nicht leicht
Erkäuflich, und es liegt auch unser Kaufpreis

Mit in der Wage. — Kinder, geht und betet!
Mein Herz ist schwer; sagt ihr's dem Herrgott an!
(Die Kinder gehen zum Heiligenbilde hinüber.)
(Für sich.)
Wohl dem, für den noch Kinder brünstig beten!

Josi (vom Bilde herüber).

Seid guten Mutes, Mutter! Nie hab' ich
So frohen Herzens noch mein Vaterunser
Gesprochen, ist mir doch, als wäre das,
Um was ich bitten will, schon längst erhört!
(Josepha und Anna treten zu Veronika.)

Anna.

Noch keine Nachricht! Gott, mich duldete
Es nicht in meiner Hausung mehr! Ich bin,
Als ständ' in Feuer Andermatt, hieher
Gelaufen.

Josepha.

Ueble Zeichen sind geschehen!
Die Geißen, die der Bub' von Hospenthal
Austrieb am Morgen, kamen eine Stunde
Darnach zurückgesprengt, als flöhen sie
Vor grausem Ungewitter in das Thal.
Noch schlimmer hat sich's hier im Dorf gekündet,
Da, wie gewohnt, zur dritten Stund' der Meßmer
Die kleine Glocke zog. Kaum ging der Strang,
That einen schrillen Schrei das alte Erz
Und war verstummt: jach war im Staubmetall
Ein Riß erklafft!

Veronika.

In solchen Tagen reiht
Sich manchmal Seltsamkeit an Seltsamkeit,
Als künd'ten Wunder neue, große Zeiten.

Anna.

Du bist so gar gefaßt und mutig, Vroni.

Veronika.

Bin ich's? Ich bin es nicht! Es zittert mir
Das zage Herz hier unter meiner Hand,
Doch ist's zum Jammern immer früh genug.
Und tapfern Manns Genossin flenne nicht!
Der Mann gehört dem Vaterlande mehr
Denn seinem Weib und seines Weibes Sprossen!

Josepha.

Du hast wohl recht. Und gilt es, einen Schlags
Ein furchtbar' Opfer für mein Thal zu zahlen,
Wo and're stark sind, wollt' ich schwach nicht sein!
Nur dieses Harren, dies in Ungewißheit
Sich bang verzehren treibt ins Auge mir
Des Herzens heiße Thränenqual. — — Sie wollten
Uns einen schnellen Boten senden, der
Uns kündete, wie dort die Lose fielen,
Und allzu lange, mein' ich, bleibt er fern.

Anna (sie heimlich anstoßend).

Die dort, so scheint mir, weiß wohl mehr denn wir.

(Benedikta ist von einem Diener geleitet aufgetreten. Die Urſnerinnen haben sich
in den Hintergrund zurückgezogen.)

Benedikta
(Leise zu Uli dem Diener).

In der Sabine Schlupfloch war es, sagt Ihr?

Uli.

Ja, Herrin, vor zwei Nächten war's. Zur Stunde
Hat Eures edeln Gemahls Geschick
Sich droben an der Oberalp erfüllt!

Benedikta (aufbrausend).

Und keiner ahnt' es! Von euch Schleicherseelen
Schlich keiner sich in dies Geheimnis ein!
(Mehr für sich.)
Haha! Ich kenne dich, mein Dienerpack!
Die Schadenfreude weiß am rechten Ort
Zu schweigen!

Uli.

Nein doch, Herrin, eben erst
Raunte der Fedier mir zu die Kunde,
Ein Urs'ner Bauer, ein verschlag'ner Fälschling,
Dem um der Urs'ner Glück im Streite bangt,
Und der sich einen Ausweg sichern will,
Falls zu des Vogtes Gunsten fällt das Los.

Benedikta (höhnisch).

Dran thut er recht! Das Glück ist wetterlaunig,
Und Wolleb lenkte es zu oft, als daß
Er nicht auch diesmal es sich günstig zwänge.
(Haftig.)
Ruf' mir den Burschen her! Ich will ihn sprechen!
Und daß er sprächig sei, sag', daß ich zahle;
Ich kenn' die Münze, die hier Freunde kauft.

Uli.

Verzeiht, er wagt sich nicht auf off'ne Straße!

Benedikta.

Das mußt' ich wissen! Feig ist Falschheit stets! —
Wo find' ich ihn? Führ' mich in seine Hausung!
(Beide gehen nach der Seite ab, wo die Weiber stehen.)

Veronika.

Glücklichen Abend, Herrin!

Benedilta (erstaunt).

Lorezin?
Hier müßig in der Straße, eifrig klatschend?
Wo hast du deine Goven, Weib, daß du
Gleich led'ger Dirne hier am Platze faulst?

Veronika (in edlem Zorne).

Wo e i n e s meiner Kinder ist, wißt Ihr
Wohl selbst am besten, Vögtin! Meine Kleinen
Seht dort Ihr für den fernen Vater beten;
Mein Aelt'ster zog zum Streit! — Nun steh' ich hier,
Von meines Herzens Unrast hergetrieben
Und harre, daß uns Botschaft komme.

Benedilta

(mit heftiger Entschlossenheit).

Weib!
Auf welche Botschaft harrst du? Und ihr andern,
Was steht ihr hier und gafft mich höhnisch an?
Verwindet der geheimen Freude Wollust!
Sie kommt zu früh! Wenn über die Rebellen
Der Vogt Gericht hält, will ich sie euch danken!

(Sie will an den Weibern vorübergehen; da erschallen Rufe hinter der Scene.)

Rufe.

Sie kommen! An den Kehren blitzt Gewaffen!

(Steigende Unruhe. Weiber eilen über den Platz. Weitere Rufe hinter der Scene.)

Rufe.

Sie kommen! — Uns're sind's!

(Erschreckt, laut.)

Der Vogt ist Sieger!

(Eine Schar von Weibern und Greisen nähert sich dem Platze.)

Benedikta
(in furchtbarer Erregung zu Uli).

Hinauf! Dem Troß entgegen! Lauf'! Vergiß
Dies eine Mal, daß deine Knochen morschen!
Renn' dir die müde Seele aus dem Leibe!
Mit einem Beutel Goldes zahl' ich sie!
Nur lauf', nur lauf' und bring' mir Botschaft!

Ein Greis (hereinstürzend).

Himmel!
Der Vogt ist Sieger, denn kein Hornruf schallt!
Stumm zieht ein langer Zug vom Berg zu Thal,
Das Harsthorn schweigt, das sonst zum Gruße tönt:
Wir sind verloren!

Veronika.

Still! Das lügst du, Alter!
Sie schweigen noch, weil feierstill ihr Sinn,
Da sie zum ersten Mal, ein freies Volk,
Zu ihrem freien Lande niedersteigen.
Kommt, laßt uns beten! Gott allein nur weiß,
Was diese Stunde bringt. So laßt uns beten!

Benedikta.

Ha, bettelt nur, Armsel'ge, nun die Furcht
Euch aus dem frühen Siegestaumel rüttelt!

(Eine augenblickliche Stille. Die Weiber knien nieder, nur Benedikta steht aufrecht und betrachtet sie höhnischen Blickes. Da ein Hornruf, alle fahren empor.
Dann ein fernes Jauchzen. Im Hintergrunde Geräusch. Inmitten herzuströ-
menden Volkes taumelt Töni herein.)

Töni (leuchend).

Wo ist die Mutter?

Veronika.

Töni!

Töni (auf sie zustürzend).

Meine Mutter!

Veronika (ihn liebkosend).

O Bub, mein lieber Bub! Kehrst du mir wieder?

Töni

(reißt sich von ihr los, reckt sich und wendet sich zum Volke, in letzter Anstrengung und mit schallender Stimme rufend).

Ursern ist frei!

(Sinkt sterbend zu Boden.)

Einige Greise (andächtig).

Gott, dir sei Preis und Dank!

Josepha

(sich zu Veronika beugend, die Tönis Haupt in ihren Schoß gebettet hat.)

Helft doch, er stirbt!

Veronika

(mit unendlich liebevollem Ton).

Nein, nein, er darf nicht sterben,
Mein hochgemuter Bub, mein Stolz, mein Held!

(Sich näher zu Töni neigend.)

Du darfst nicht müd' sein, kaum dein Weg begonnen.
Wach' auf, erhebe dich!

(Lauscht neuem Jauchzen.)

Hörst du den Ton?
Sie jauchzen dir, mein großer, armer Bub,
Der Freiheit angesagt dem Thal von Ursern! —

(Angstvoll.)

Du redest nicht?! — Es rötet deine Wange
Sich nicht in Stolz? Dein Aug' strahlt nicht wie sonst,
Wenn dich die Mutter rühmte? — Bub, mein Bub,

So wärst du tot?! (Erwachend.) Mein Gott, dies Opfer ist
Zu groß, — der Freiheit Preis so grausam hoch!
Und doch — kein Rufen weckt ihn mehr — er ist —

(Betastet den Toten mit zitternden Fingern. Dann legt sie plötzlich sein Haupt
zu Boden und spricht mit einem Ausbruck furchtbaren Leids.)

Mein Ursern, sieh': Er ist um dich gestorben!

(Sie ringt sich auf und wendet sich in grenzenloser Erregung zum Volk.)

Hört ihr's? Ihr Liebstes legt die Lorezin
Hier nieder auf des Vaterlands Altar.

(Nahe Hornstöße. Ein Zusammen- und Herandrängen des Volkes. Dann treten
auf: Peri Lorez, Abel, Anton Christen, Fibel, Rial, Meyer-Peri und viele andere.
Vier Bauern tragen auf einer aus Spießen gebundenen Bahre die schwer ver-
wundete Sabine. Sie trägt ein Tuch um das Haupt geschlungen. Die Lorezin
und Töni werden dem Zug durch die zurückdrängenden Weiber entzogen. Während
die Träger die Bahre niederlassen, gruppieren sich Krieger und Landleute in
malerischem Halbkreis um dieselbe. Unter diesen ein Händeschütteln und Begrüßen und Umarmen.)

Anton Christen

(in die Mitte des Kreises tretend).

Der Tag versinkt! Der nahe Abend zündet
Rings auf den Höh'n die Feierfackeln an!
So laßt uns feiern nach gewalt'gem Werk,
Und daß es ward, gebt Gott dem Herrn die Ehre!

(Alle sinken ins Knie. Kurzes Gebet. Dann erhebt sich Christen abermals.)

Vielharte Arbeit war's! Der Wage Zünglein
Hat lang' geschwankt! — Du aber warfst, mein Volk,
All' deine Treu' gewichtig in die Schale,
Bis sie zu deinen Gunsten sank.

Ein Greis.

Erzählt!
Ihr kehrt allein zurück? Wo blieb der Vogt?
Wohin verzogen seine Söldner? Was
Geschah dem Abt und seinem Volk?

10

Christen.

Du fragst
Zu viel auf einmal! Noch ist Frist uns nicht
Gegeben, müßigen Geplauders hier
Zu stehen. Jeder mag am heim'schen Herd
Des großen Tags, erzählend, gern gedenken!
Jetzt laßt die Kunde euch genug sein, daß
Der Abt von Disfentis mit seinen Knechten
In wilder Flucht heim in sein Kloster stob,
Daß des von Hospenthal untücht'ge Schar
Sich jäh zerstreut, kaum daß der Urs'ner sich
Gen sie gewandt, und daß der arge Vogt,
Da er allein mit wenigen Getreuen
Dem wucht'gen Ansturm wich der Bauernschar,
Auf unwegsamem Pfad ins Rienthal,
Das in das Wasserloch von Geschenen mündet,
Hinabstieg und entfloh.

Benedikta (plötzlich hervortretend).

Wolleb flieht nicht,
Dumm-blindes Volk! Zu bald nur kehrt er wieder
Und nicht allein! Dann sei ein Strafgericht,
Daß eure Weiber blut'ge Thränen weinen! —
Ich gehe hin und schüre seine Rache!

(Sie eilt mit einer Geberde der Drohung und Mißachtung hinweg.)

Abel.

Folgt ihr! Nehmt sie gefangen! Zahlt ihr heim
Die Lästerrede!

Andere Stimmen.

Bah, erschlagt sie doch!
Dergleichen ist nicht mehr wert als wir Bauern,
Und wie sie unser schonte, hörtet ihr.

Chriſten (ernſt).

Nein, haltet an! Es folge keiner ihr!
Laßt unbehelligt ſie das Thal verlaſſen,
Denn nicht mit ſchwachen Weibern ſtritten wir! —
Von allem Fremdvolk iſt das Land geſäubert.
Was außer dieſen Grenzen auch geſchieht,
Uns ficht's nicht an. Laßt ſie nur Rache brüten!
Hier ſtehen wir und halten gute Wacht,
Daß keiner mehr die Gottesmauern zwinge,
Die Urſern gürten, himmelhoch und feſt!
Uns aber bleibt ein ſchweres Werk zu thun:
Urſern iſt frei — um dieſen Preis!

(Weiſt auf Sabine, von deren Bahre die Leute zurücktreten.)

Beri Lorez (neben Chriſten tretend)

Der Opfer

Im ſchweren Streit ſind viele! Manches Weib
Sieht den Genoſſen nimmer wiederkehren,
In manche Hütte zieht der Kummer ein.
Doch wenn die Nacht herniederſteigt ins Thal,
Hat hier ein Herz zu ſchlagen aufgehört,
Wie größer, edler keines ſchlug in Urſern:
Sabine ſtirbt! Im morſchen Leibe flackert
Die Lebensflamme noch und ſinkt und ſinkt.
Des Vogtes Beil traf ſicher, da ſie hoch
Und allgewaltig ſchritt vor allem Volk.
Nun ruht ſie lang, die müde Lider deckt
Das jugendhelle Aug' der Jahrbeſchwerten;
Hebt ſich wohl kaum noch einmal, daß den Dank
Der Jochbefreiten es erſterbend leſe!

(Er wendet ſich ab und legt die Hand über die Augen. Veronika, die bisher an
Töni's Leiche gekniet hat, hat ſich, da Lorez zu reden beginnt, mit weit geöffneten
Augen emporgerichtet. Sie thut einen Schritt gegen d. n Schmerzbewegten, der
Kreis öffnet ſich und gibt den toten Knaben den Blicken des Lorez preis)

Veronika.

Wenn du um jene weinst, Lorez, mein Mann,
Wein' auch um diesen!

Lorez (erstaunt).

Du, mein treues Weib?
(Erblickt den Knaben.)
Und — ew'ger Gott! — mein Bub — mein Töni ---
tot!

Veronika
(ihn umschlingend, mit starker Stimme).

Er starb, ein Held! Wohl dem, der also stirbt,
Ein Held so ganz, ob auch ein Knab' an Jahren!
(Sie verharren in stummem Schmerz an Töni's Leiche. Geräusch unter der Menge.)

Fidel
(mit gedämpfter Stimme, den Blick auf Sabinens Bahre gerichtet).

Still! Sie erwacht! Ehrt einer Sterbenden
Entrinnend flücht'ge, letzte Erdenfrist.

(Es wird eine feierliche Stille. Die Berge stehen in flammende Glut getaucht,
deren Widerschein rosig über der Scene liegt. Sabine richtet sich langsam empor,
Adel, Fidel und Christen treten neben sie.)

Sabine.

Wo bin ich? Sprecht! Vor meinen Augen ist's
Wie üpp'ger Blust zahlloser Alpenrosen.
Ist's Lenz im Thal? Es weht ein süßer Hauch
Von glutumsponn'nen Bergen zu mir nieder.
Urew'ge Reinheit, gierig schlürf' ich dich,
Wie lang entbehrten Trank aus Kinderzeiten! —
(Sich umsehend.)
Doch ihr? Was steht ihr um mich, staunt und starrt?
In euren Blicken weint's wie stille Trauer.
Mein Volk von Ursern, kennst du mich nicht mehr?

Ich bin Sabine! — Weicht! — Ihr haßt mich! —
                              Weicht!
Sabine bin ich, die in Acht und Bann,
Und eure Augen sehen mich nicht an
Wie sonst Sabinen.

Christen.

          Straft uns nicht so hart
Um der Verblendung willen, die uns einst
Von Euch ließ niedrig denken!

Fidel.

                    Rennerin,
Erlös'rin Urserns, sieh', dir naht dein Volk!
Herzu, ihr Männer, neigt in Demut euch
Und brünst'ger Dankbarkeit! Kniet nieder, Weiber!
Erkenne, Ursern, deine Retterin!

(Das Volk drängt sich um Sabine und huldigt ihr.)

Sabine (verwirrt).

  Erlös'rin Urserns? Träum' ich? Träumt' ich nur?
Nein doch ·· ich wache — lebe -- hab's gelebt:
Ursern ist frei!
          Wie sprach der fremde Mönch?
Ein heil'ger Funke lebt in jeder Seele,
Der Hang zum Guten, nein das Gute selbst! —

(Traumhaft.)

Nun hab' ich eine gute That gethan!
Ursern ist frei! ---
          Und du, Sabine, du?

(Der Mönch ist plötzlich hinter ihr erschienen. Er reckt sich ehrwürdig neben ihr empor, ihre Hand fassend:)

Mönch.

  Das Ende erst krönt allen Daseins Gang;
Wo dieses gut, ist alles gut geworden!

Um diesen letzten Tag, so stolz und groß,
Sprech' ich von deines Lebens Schuld dich los!

(Sabine neigt sich, von dem Mönche gehalten, auf seine Schulter und verharrt so
während der nächsten Augenblicke. Im Hintergrunde ertönen Rufe)

Rufe.

Ein Urner Bote! — Steht zur Seite, Leute!

(Der Bote von Uri tritt auf und in den Halbkreis der Männer.)

Bote.

Ihr Männer Urserns! Uris Brudergruß
Tönt hell durchs Reußthal auf ins Thal der Matten,
Gebt denn, Versammelte, ihm froh Gehör!
Und also spricht durch mich der Urner Rat:
Ihr sandtet Botschaft uns gen Altdorf, die
Zum Bündnis Uri lud mit Ursern und
Ihm Treu' verhieß für jetzt und alle Zeiten.
Wohlan, der Urner ist zum Bund bereit!
Ursern sei frei! Und seiner Freiheit Feinde,
Sie sollen künftig Uris Feinde sein.
Ein Land sei fürder dort, wo jung die Reuß
In Quellen plauscht, bis wo, ein Wildgewässer,
Sie rauschend strömt in den Vierländersee!
Ein Volk von Brüdern hause an den Ufern
Und stehe einig, so in Freud' wie Leid!
Wenn Ursern ruft, darf Uri nicht mehr säumen!
Zur Stell' sei jenes gern, so dieses mahnt!
Und wie ich diesem Manne meine Hand
Zum eisenfesten Druck der Freundschaft reiche,
So halte Oberland und Unterland
Von Stund' an treuer Freundschaft Band umschlungen!

(Reicht Christen die Hand)

Christen.

Im Namen Urserus heiß' ich dich willkommen
Und die Genossen nid dem Steg *) in dir!

(Zum Volke)

Genossen! Freunde! Freie Bürger Urserus!
Die Rechte hebt zum Zeichen ew'ger Treu'!

(Die Männer erheben die Hände.)

Nun, Urner, sieh! Es reckt sich Hand an Hand:
Uri und Urseren — ein Volk, ein Land!

(Alle sprechen den Schwur nach.)

Uri und Urseren — ein Volk, ein Land!

Sabine

(sich mit letzter Kraft aufrichtend, im Scherzton).

Der Himmelssonne frommes Feuer sinkt;
Doch weit im Umkreis loht's von heil'gen Bränden!
Es schimmern neue Sonnen über euch,
Ihr Glanz ist hehr, und ewig ist ihr Leuchten!
Sei stolz, mein Volk, das du an Gletschern wohnst,
Hoch oben an der Welt krystall'nen Thoren,
Sei stolz und rein! Es reiche nicht empor
Wirrsal und Unrast ferner Niederungen!
Kühn blicke du, mein Ursern, in die Weiten,
Ein Turm der Freiheit, fest für alle Zeiten!

(Das Abendglühen ist allmählich erloschen. Als Sabine endet, ist es ganz dunkel geworden. Bei ihren letzten Worten sinkt die Rednerin zurück. Der Mönch und Adel nehmen sie in ihren Armen auf. Irmingard stürzt aus den Reihen des Volkes und sinkt neben der Gestorbenen ins Knie. Alle Männer im Umkreis senken die Waffen und entblößen die Häupter. Veri Lorez und sein Weib stehen noch immer eng umschlungen an der Leiche Tönis und bilden, von ihren Kindern umgeben, eine besondere Gruppe.)

Der Vorhang fällt.

(Schluß.)

---

*) Stiebender Steg.

Berichtigungen.

Seite 5. Verszeile 6 von unten: **macht** statt machte.

„ 21   „   13 „   oben: **Esel** statt Enkel.

„ 29   2 „   „   **meinem** statt meinen.

„ 63   „   5 „   „   Das Wort „Haha" ist wegzulassen.